자! 자! 자!

거행단

과여이

자! 자! 자!

거 행 단
과 여 이

최대인
소설

세상의 중심은 바로 '사람'입니다.
과거에도, 현재에도, 미래에서도.

바른북스

목차

• 과거자 •

도기는 만덕산 중턱에서 마을을 내려다보았다.

마을은 남해에서 밀려오는 바닷물과 북쪽에서 내려오는 탐진강이 동쪽 지역으로 길게 만을 이루고 있었다. 바닷물이 말랑말랑한 갯벌 위로 파도의 거품을 내보이다가 사라지기를 반복하고 있었다.

남쪽으로는 넓고 넓은 들판이 한눈에 들어왔다. 동쪽 바다에서는 해산물과 물고기들이 넘쳐나고 남쪽의 논밭에서는 곡식들이 풍부한 마을이었다.

갯벌에는 모든 생물이 살아가고 있었다. 밀물일 때는 구멍에 숨어 있다가 썰물일 때 그 구멍 속에서 하나둘씩 생명들이 모습을 드러낸다. 방게들이 옆걸음으로 열심히 달려가고 망둥이들은 지느러미에 힘을 주면서 폴딱폴딱 뛰어놀고 있었다. 그 위에는 선명한 발자국을 찍으면서 온갖 철새들이 제철에만 즐길 수 있는 만찬을 즐기는 모습을 흔히 볼 수 있었다.

갯벌은 생명과 죽음이 공존하는 곳이었다. 조수 간만의 차가 심한 곳이어서 순식간에 밀려왔다 순식간에 빠지는 바닷물로 마을 아이들의 생명을 한 해에 몇 명씩 빼앗아 가곤 했다. 어른들도 갯벌 길을 잘 아는 사람만이 어부가 되고 갯벌에서 생물을 잡아서 식량으로 이용했다. 남은 해산물은 곡식과 물물교환하면서 생계를 이어가고 있었다. 생명의 갯벌이 바다를 향해 뻗어 있었고 들판 주위에는 산들이 병풍처럼 둘러싸여 있는 언제 봐도 정겹고 평화로운 마을이었다.

요 몇 년 내에는 태풍도 피해 가고 있었고 홍수나 가뭄도 없는 모든 천재지변 재앙들이 우리 마을을 부러 비껴가고 있다는 느낌마저 들었다. 이렇게 완벽한 평화로움이 도기를 더욱더 불안하게 만들었다. 영원한 평화로움은 존재하지 않기 때문이다. 그 밑에 언제라도 정체를 드러내기를 노리는 불행이 도사리고 있음을 도기는 짧은 삶이지만 경험으로 충분히 알 수 있었다.

북쪽에서 간간이 들려오는 불길한 소식은 이러한 예감이 현실로 서서히 다가오고 있음을 느끼게 했다. 흉흉한 소문이 가슴을 답답하게 했지만, 사실이라고 믿기에도 또 그걸 거짓이라고 판단하기에도 아직은 어려웠다.

도기의 18년 삶 동안에도, 아부지의 40년 삶 속에서도 전쟁이나 천재지변이 없는 너무나 평안한 시절이었다. 매년 풍년은 아니었지만, 흉작도 없는 평작 수준으로 이어가고 있었다. 매년 봄과 가을에 곡식을 추수하면 굶주림으로 죽어가는 마을 사람은 없었다. 그리고 남서쪽 부족 간의 연대 의식도 강해서 어려울 때는 서로 돕고 돕는 지역이었다.

도기는 마을의 유일한 대장간을 하는 대장장이 아들도 태어났다. 도기의 할아버지도 또 그 할아버지의 할아버지도 모두 대장장이로 대를 이어온 가업이었다. 마을에 단 하나 있는 이곳에서 아부지와 함께 농사에 필요한 농기구를 만드는 일을 하면서도 그는 이 마을의 군사를 훈련시키고 또 마을의 수비를 담당하는 군인의 수장이기도 했다. 이러한 일들도 대대로 이어받고 있었다. 대장간에서 농기구와 더불어 전쟁 무기도 만들다 보니 자연스럽게 군사의 수장도 물려받게 되었다.

이 인근 지역은 부족 간의 작은 다툼은 가끔은 있었지만, 전쟁이라 불리는 살상은 아부지 세대에도 도기의 세대에도 전혀 일어나지 않았다. 이 인근 지역 모두 대대로 이어온 부족 마을이었고 또 서로 왕래도 자유로운 곳이었다.

왜구들이 침입했을 때는 서로 도와가며 적들을 물리쳤다. 그러나 부족 간의 문제에 대해서는 간섭하지 않으며 서로 존중하며 살아가고 있었다. 인근 마을들도 대부분 바다를 접하고 있고 평야 지대가 넓었다. 그래서 해산물과 곡식이 풍부하여 먹고 사는데 부족함이 전혀 없었기 때문일 것이다. 전쟁이 일어난 이유는 보통 결핍에서 오는 경우가 많았다. 그중에서 의식주 중 먹는 건 언제나 전쟁 원인의 주된 이유였다.

그리고 남서쪽 부족 마을 간은 구성하는 부족수가 많지 않아 대대로 동맹을 맺어 군사적으로는 함께하는 연합을 이루면서 살고 있었다. 남서쪽 지역 간의 연맹체도 대대로 이어오고 있었다. 가끔 연맹 부족 중에 이상한 부족장이 나타나 연맹체를 조금 흔들기는 했지만 대대로 이어온 끈끈한 연맹체를 깨뜨릴 수는 없었다.

도기의 대장간을 찾아온 금악이 큰 소리를 내며 들어왔다.

"도기야, 니 소식 들었냐?"

"무신 소식, 지금 열심히 일하는 거 안 보이냐?"

라며 그를 쳐다보자

"지금 윗마을에서는 말을 타고 온 외지 부족들이 쳐들어와서 식량을 빼앗고 사람들을 죽이고 또 잡아간다고 하던디."

금악의 표정이 심각해져 있었다.

"어디까지 왔다고 하디?"

"지금 무악산까지 왔다고 하드라. 엄청 빠르고 사나운 부족이라고 소문이 쫘악 퍼져부렀어야."

도기는 심각해진 얼굴을 한 체하던 일을 잠시 멈추고 금악과 함께 족장 집으로 곧장 향했다. 무악산이면 여기 도착하는 데 일주일이면 충분한 시간이었다. 물론 나주평야를 차지하고 있는 문 씨 부족이 이 주변에서는 가장 강력한 부족이라 금방 무너지지는 않을 것이지만 그래도 혹시 모를 전쟁 준비는 해야만 했다.

무악산에 거주하고 있던 부족들도 용맹함은 나주 문씨 부족에 결코 뒤지지는 않았다. 그러나 무악산 부족수는 비교가 되지 않을 만큼 군사의 수가 적고 마을이 여기저기 흩어져 있었다.

족장은 다행히 집에 머물고 있었다. 부족의 족장도 존경받는 집안으로 대대로 강진 부족을 이끌고 있었다. 선대부터 지혜롭게 우리 부족을 이끌어서 신망이 두터웠다.

"족장님 저 도기입니다."

"그래, 무슨 일로 이리 바삐 오는가?"

온화한 표정으로 맞이했다.

"지금 북쪽에서 알 수 없는 적들이 밀려오고 있다고 합니다."

족장도 소문은 듣고 있다고 했다.

도기로부터 위 지방 소식을 전해 들은 족장도 흉흉한 소문을 이미 들은 터라 곧바로 부족 회의를 소집했다. 부족 회의는 장성한 남자들 12명으로 이루어져 있었다. 크지 않은 부족 마을이라 장성한 남자들이 많은 지역도 되지 못했다. 도기 부족은 30여 개의 작은 마을로 강진만과 석문산 안에 이루어져 있었고 전쟁에 나갈 수 있는 남자를 전부 합해도 500명이 되지 않았다. 물론 그중에는 15세 미만의 어린 남자와 40이 넘은 노인들도 포함되어 있었다. 순전 전쟁에 나갈 수 있는 장정은 많아야 300여 명 안팎이었다. 이 수로 부족을 지켜야 한다. 다른 부족과 연합할 것인지 자체적으로 지킬 것인지부터 고민해야 했다.

일단 날쌔고 건장한 장병 3명을 정찰병으로 선발해서 위쪽 지방 사정을 정확히 알아보기로 했다. 도기는 그 정찰대의 책임자가 되었고 금악과 함께 내일 아침 일찍 위 지방으로 떠나기로 했다. 대장간에 도착하니 아부지는 농기구 대신 이미 무기를 만들고 있었다.

아부지도 지금 상황에 대해 이미 소문을 듣고 있었다. 아부지도 젊었을 때는 우리 부족에서 가장 용맹한 장수였다. 가끔 침입한 산적들과 왜구들을 완벽하게 진압했으며 아부지 이름만으로도 그들은 두려워했다. 대대로 내려온 가업인 대장간의 농기구나 무기는 튼튼하고 정교하기로 유명해서 주변 부족민들도 찾아와서 사 가곤 했었다.

어머니는 도기가 일곱 살 때 병으로 세상을 떠나고 지금은 부자간만 살고 있었다. 도기가 태어날 때부터 어머니는 몸이 약해서 수시로 아팠고 가정과 대장간 일 모두 아부지가 책임지다시피 했다.

어머니는 우리 부족 사람이 아니었다. 우리 부족보다 더 서쪽에 자리를 잡은 부족인 해남 지역에 살았다고 한다. 해남 지역은 바다가 삼면으로 이루어져 있었고 갯벌이 아닌 모래로 해변이 이루어진 곳이 많아 왜구들이 들어오기가 훨씬 더 쉬운 곳이었다. 출몰이 점점 더 심해지면서 가끔 우리 부족에게 군사적 도움을 요청했었다. 그때 아부지가 장정 50명을 이끌고 연합해서 왜구들을 완전히 소탕했었다. 그 부족장의 딸이 바로 도기의 어머니였다.

부족장도 그 딸도 도기 아부지인 막산의 용맹함에 이미 반해 있었다. 왜구를 소탕한 후 해남 부족장은 승리의 잔치를 벌였고 그때 아부지가 먼저 그 딸에게 수작을 부렸다고 했다. 지금 아부지의 모습을 보고 있으면 도저히 상상되지 않았다. 이런 적극성이 있었다는 게 믿어지지 않았다.

부족장의 딸도 이런 아부지의 수작을 싫어하지 않았다. 그 시절 어머니는 그 부족 남자들에게 인기가 많았다고 했다. 어머니는 미모는 물론 지혜로움으로 부족 내 소문이 자자했다. 아부지는 농기구와 무기를 판다는 명목으로 수시로 그 해남 부족 마을을 왕래했고 결국은 부족장의 허락받고 딸을 데려왔다. 적극성과 끈기로 머나먼 장거리 연애에 성공한 것이다. 아부지는 그때를 회상하면서 말할 때의 표정은 그 부족의 딸이 지금 곁에 있는 듯 보였고 가장 행복해 보였다. 그 시절이 자기 인생에서 가장 아름다운 시절이라고 매번 말하곤 했다. 하지만 어머니는 아부지와 도기를 남겨두고 영원히 곁을 떠났다.

다시 결혼하라는 주위의 권유에도 아부지는 결혼은 한 번이면 충분하다며 계속 거부하고 있었다. 수시로 추파를 보내는 동네 여인에게 한 번도 눈길을 주지 않았다. 아부지는 어머니만을 진정으로 사랑한 남자였다.

아부지에게 도기의 존재는, 도기에게 아부지의 존재는 절대적이었다. 다시 도기가 대장간 안으로 들어서자 막산이 쳐다보면서 한마디 한다.

"어떻게 돌아가고 있더냐?"

"지금 윗마을 상황이 심상치 않습니다. 내일 아침 정찰대를 이끌고 위에 갔다 와야 할 것 같습니다."

도기의 말에 막산의 눈빛이 조금은 흔들렸다.

부인이 떠나고 지금 그에게는 도기만이 유일한 혈육이었다. 애지중지까지는 아니어도 서로 의지하면서 살아가고 있는 부자지간이라 걱정되는 마음은 어쩔 수 없었지만, 티를 낼 수는 없었다.

"니 역할이 중허구만. 조심히 다녀오너라."

"네 아부지 걱정하지 마셔요."

도기는 대장간 옆에 조그맣게 붙어 있는 거처로 가서 내일 떠날 준비를 하고 있었다. 내일을 위해 푹 자려고 해도 쉬 잠이 오지 않는다. 불안함과 긴장감이 머리와 가슴에 떠나지 않았다.

전쟁이라, 사람이 사람을 죽이는 일을 한 번도 해보지 않았다. 물론 사냥으로 살아 있는 동물을 죽이는 일은 있지만 동물과 사람과의 느낌은 완전히 다를 것이다. 동물은 생존을 위한 어쩔 수 없는 살생이었다. 과연 내가 사람을 죽일 수 있을까? 가만히 생각해 보니 적들을 죽이는 것도 생존의 문제였다. 마음을 독하게 먹기로 다짐했다.

도기는 새벽 일찍 길을 나서기로 했다. 아부지도 이미 잠에서 깨었지만, 부러 방에서 나오지 않았다. 도기는 방문 앞에서 조용하게 말을 건넸다.

"아부지 다녀올게요."

아부지는 아들의 그 작은 목소리마저 선명하게 들렸지만, 속으로만 대답했다.

‘그래, 울 아들 도기야 조심히 다녀와야 한다.’

도기는 금악과 또 한 명의 정찰병인 구달과 함께 가장 빠른 걸음으로 석문산을 지나서 월출산을 다다르자 공기가 심상치 않음이 오감으로 느껴졌다. 이곳 사람들의 눈에서 느껴지는 불안함과 두려움이 그대로 전해오고 있었다.

영암 부족 마을은 남서쪽 바닷물이 이곳까지 쭈욱 밀려오고 있었다. 여기도 영산강 하류를 접하고 있어 해산물이 풍부하고 너른 평야가 있는 풍요로운 마을이었다. 남쪽으로는 이 지역에서 가장 험악한 월출산이 턱 버티고 있어서 우리 마을과는 왕래가 거의 없었으나 같은 동맹체를 형성하고는 있었다. 아주 가끔은 소식과 친분을 쌓는 사이였다. 월출산 아래에 있는 마을 족장의 집으로 곧장 향했다. 족장은 우리를 반가이 맞이하면서도 초조한 마음은 숨기지는 못했다.

“어서 오게, 족장님은 평안하신가?”

“네, 건강하십니다. 족장님도 건강하시지요?”

도기는 집 안 분위기를 살피면서 묻는다.

“덕분에 나는 건강하네, 오느라고 고생했네!”

족장 집에는 마을의 장로들도 이미 모여 있었다. 그들의 표정도 위 소식으로 어두워져 있었다.

이 부족들도 최근 전쟁을 경험한 적이 없었다. 농사와 바닷일을 하면서 평화롭게 살고 있었다. 이런 일상을 당연하게 여기고 있었는데 갑자기 들려오는 불길한 소식들로 안절부절하고 있었다. 그들도 부족 장정들을 모두 모집하여 전쟁 준비를 하고는 있었다. 그러나 실전 경험이 전혀 없어서인지 몰라도 두려움이 모든 것들을 압도하고 있었다. 영암 부족은 위 부족인 나주 부족과 연합전선을 하기로 약속했다고 한다. 영산강 중류를 저지선으로 하여 작전을 세우는 중이라고 했다.

나주평야를 차지하고 있는 문씨 부족은 남서쪽 지역의 실제 맹주로 군림하고 있었다. 군사력도 경제력도 타 부족 마을과는 비교가 되지 않을 정도로 막강했다. 도기의 유일한 희망도 영산강에서 적들을 막아주기를 바라는 것이었다.

도기는 영산강 중류 유역까지 더 가보기로 했다. 나주 문씨 부족 마을은 우리 마을과 달리 평야가 북쪽으로 계속 이어져 지평선이 보였다. 나지막한 산들만 둘러싸고 있어서 마을을 방어하기에는 더 어려울 것 같았다. 평야가 이렇게 넓으니 식량이 풍부하고 당연히 모든 것들이 풍요할 수밖에 없었다.

나주 부족 마을에 드디어 도착했다. 역시나 이 지역에서 가장 강력한 부족이어서인지 부족민들도 많고 활기차게 보였다. 아랫마을에서 보였던 긴장감도 느낄 수 없는 자신감마저 느껴졌다.

침략자들은 기마병이 주력 부대로 넓고 넓은 영산강을 쉽게 넘지는 못할 것이라고 예상은 하고 있지만, 그들이 점령한 곳에도 넓은 강들이 흐르고 있는 곳이 있었다는 소문은 익히 들어 알고 있었다.

이 남서 지역의 평화는 여기에 있는 나주 부족의 힘으로 균형을 이루고 있다고 해도 과언이 아니었다. 끝이 보이지 않는 지평선을 담고 있는 넓은 평야로 인하여 언제나 곡식이 풍부하였고 서쪽에서 밀려오는 바닷물과 위에서 내려오는 영산강 강물이 만나 물고기도 풍부해서 다른 부족 마을을 침략할 이유가 없었다. 그리고 남서 지역의 가장 큰 시장이 바닷길을 통해서 또 육지 길을 통해서 열리는 곳이기도 했다. 보름에 한 번씩 열리는 장은 이 지역의 특산물이 모두 모이고 놀이패들도 흘러 들어와 구경거리가 넘치는 곳이었다. 또한 워낙 부국강병해서 이 지역 어느 부족에게도 침략당할 위험도 없었다.

그런데 언제나 강하고 평화로웠던 이곳이 지금은 가장 큰 위협에 직면하고 있었다. 지속적인 평화는 아이러니하게도 전쟁의 실전 경험이 거의 없다는 약점을 내포하고 있었다. 풍부하다는 건 결핍에서 오는 공포를 느끼지 못한다. 그리고 이러한 평안은 계속 이어질 것이라는 착각 속에서 살아가게 마련이었다.

그럼 저 북쪽에서 내려온 침략자들은 과연 어떤 사람들일까? 평화로웠던 온 마을을 공포로 몰아세우고 모든 걸 약탈해 가는 그들은 왜 그런 짓을 하는 걸까?

도기는 이 마을 족장에게 물었다.

"족장님은 그들을 아시나요?"

족장은 얼굴을 찡그리며 대답했다.

"나도 모르네. 왜 이리 사람을 죽이고, 곡식을 빼앗고, 땅을 빼앗으려고 하는지."

전혀 모른다는 것이었다.

몇백 년 동안 큰 전쟁 없이 평화롭게 살아왔는데 갑자기 북쪽부터 들려오는 끔찍한 전쟁 소문에 이들도 무슨 일인가 궁금해하고 있었다. 이들도 분명 그들이 이민족일 것이라는 확신만 있을 뿐이었다. 다행히 이 부족 마을은 일단 풍요로운 생산물로 탄탄한 재정이 있어 군사력도 만만치 않았다. 나주 부족은 우리 부족과 우군이라고 할 수는 없지만, 다행히 적도 아니었다. 이들 부족이 북쪽에서 밀려오고 있는 적들을 막아준다면 우리에게는 가장 좋은 상황이다.

"이곳으로 내려오는 적의 병력은 몇 명이라고 하던가요?"

도기의 질문에 족장은 수염을 천천히 만지면서 말했다.

"2,000명이 넘는데 싸움에 모두 능하다고 전해오고 있네."

아, 싸움에 능하다.

이쪽 지역은 근래 전쟁이나 싸움이 없어서 전투 능력이 있는지 의심스러울 정도이다. 평생 농부와 어부로만 생활했던 사람들인지라 성격도 온순했다. 이런 장점들이 지금은 가장 큰 약점으로 다가오고 있었다. 그러나 역시 이 나주 부족 마을이 괜히 풍족하지 않음은 무기를 보고 단박에 알아챘다. 우리 마을보다 훨씬 단단하고 좋은 철로 만든 무기들, 그리고 싸울 수 있는 병사의 수가 우리보다 압도적으로 많았다.

족장은

"우리는 1,000명의 군사를 만들 수 있고 아랫마을에서 300명의 지원군이 오기로 했네!"

이 정도의 군사적 열세면 할만하다는 생각이 들었다.

지리적으로 이용할 수 있는 원주민에게도 전혀 희망이 없는 건 아니었다. 영산강이라는 커다랗고 물결이 거친 방어선도 존재한다. 그리고 수백 년 아니 언제부터인지도 알지 못하는 그때부터 우리는 여기에서 살아왔다. 조상의 땅이자 지금 우리의 땅이고 미래의 자손이 땅이다. 반드시 지켜야 할 이유가 있는 것이다.

도기는 금악과 의논 후 좀 더 올라가 보기로 했다. 함께 출발했던 구달은 먼저 마을로 보내 지금까지의 소식을 족장에게 전하기로 하고 둘은 다시 길을 떠났다. 지금부터의 길은 언제 어디서라도 적들을 만날 수도 있는 지역이었다.

'왜 그들은 남쪽으로 내려왔을까?'

'어떻게 이렇게 빨리 다른 마을을 차지했을까?'

이 모든 의문점을 도기는 답을 낼 수가 없었다.

전쟁을 대비한 훈련은 1년에 2번 정도밖에 하지 않았는데 이럴 줄 알았으면 미리미리 대비할 걸 후회가 되었다. 누가 미래를 예측할 수 있겠는가? 도기도 우리 부족도 당연히 전쟁이라는 상황을 생각해 본 적이 없었다.

그러나 도기는 나름대로 마을을 지킬 자신감도 있었다.

우리 마을은 천혜의 요새로 지형지물을 잘 이용하면 어떠한 적도 쉽게 들어오지 못하는 곳이었다. 동쪽과 남쪽은 바다가 접해 있고 북서쪽은 험악한 석문산이 완벽하게 가로막고 있었다. 북동쪽은 만덕산이 바다와 맞닿아 있어 적들이 결코 접근할 수 없었다.

대대로 전쟁이 일어나지 않은 이유 중 하나가 이런 지형적인 완벽함도 포함되어 있었다. 석문산의 이름에서 알 수 있듯이 산이 온통 뾰족한 돌들로 이루어진 돌산이었다. 들어오는 길의 폭은 겨우 한두 사람만이 통과할 수 있는 아주 좁고 좁은 외길뿐이었다. 눈으로 보기에는 너무나 아름답고 경이로운 산이었지만 사람이 다니기에는 너무나 힘든 곳이었다.

도기와 이 마을 사람들은 어릴 때부터 땔감에 이용하고자 나무를 하러 다니고 식량을 위해 산짐승을 사냥했으므로 모든 지리에 대해 완벽하게 알고 있었다. 어디에 호랑이가 다니고 있고 늑대가 사는지 어디에 들어가면 사슴과 토끼를 사냥할 수 있는지 모든 곳을 샅샅이 알고 있었다. 외지인들은 또 어느 곳에서 길을 잃고 헤매는지. 도기의 마을은 자연으로 이루어진 하나의 완벽한 커다란 성이었다. 한마디로 철옹성으로 이루어져 있었다.

도기와 금악은 조심히 그리고 조용하게 길이 아닌 길로 움직이기도 했다. 여기서부터는 적과 언제 마주칠지 알 수 없었다.

이틀 동안 위로 꾸준히 올라갔을 때 한 무리의 군사들이 보였다. 500여 명의 군사 중 일부는 말을 타고 있었고 일부는 군수품 수레를 끌고 있었다. 그들은 파죽지세로 내려오고 있었고 무악산 아랫마을마저 그들이 이미 점령한 상태로 보였다. 500여 명의 군사라면 위 부족이 충분히 감당하지 않겠냐는 희망도 조금은 생겼지만, 이 군사가 선발대에 불과하고 본진이 별도로 있을 것이기에 불안함도 생겼다. 그들의 행렬은 잘 훈련되어 보였다.

"금악아 직접 보니 좀 두렵긴 하다."

그러자 금악이도

"글긴 그런디 그래도 이 수만 있으면 할만하겠는디."

도기도 고개를 끄덕였다. 이 수의 병력이라면 충분히 방어가 가능할 듯하다.

"이 군사는 선발대일 거야."

금악의 말에

"글겠지. 본 부대는 훨씬 더 많겄지."

만약에 나주 문씨 부족과 월출산 밑 영암 부족이 전쟁에서 패한다고 해도 우리 마을로 넘어오기 위해 마주친 석문산은 돌산으로 넘기에는 쉽지 않은 곳이었다. 반드시 사잇길을 통과해야만 했고 협곡에서 기습공격을 한다면 적은 수로도 충분히 승산이 있다고 생각했다. 중요한 건 병력의 수였다. 아무리 지형을 이용한다고 해도 군사의 수가 압도적으로 차이가 난다면 방어에도 한계가 있을 것이다. 그래서 나주 연합군에서 적을 막아주길 간절히 바랐다. 아니 패하더라도 최대한 적들에게 타격을 주기를 바랐다.

"금악아 더 올라가서 본진이 있는지 확인해 볼까?"

그러자 금악이가 고개를 절레절레 흔들며

"시간이 급한 거 같여. 얼릉 마을로 돌아가서 대비하자."

더 있다면 위 부족과의 전투를 통해 알 수 있을 것이다. 잠깐 부족간의 연합도 생각했으나 완벽한 요새인 우리 마을을 두고 밖에 싸운다는 건 모험에 가까웠다.

"그래 빨리 가서 준비하자."

우리는 가장 빠른 길을 택해서 마을에 무사히 도착했다.

도기와 아부지는 최대한 무기를 만드는데 대장간의 모든 시간을 보냈다. 그리고 석문산을 다시 둘러보았다. 어디에서 방어선을 구축할지 사전에 점검하였다. 언제 발생할지 모르는 전쟁을 위해 이미 준비했던 200자루의 칼과 100여 개의 활, 그리고 3,000개의 화살이 있었지만, 혹시나 해서 칼과 활, 화살을 계속 만들고 있었다. 특히 적은 수의 우리에게는 화살이 더욱더 필요했다.

도기는 매일 밤, 족장 집 마당에서 군사 5명의 장을 집합시켜 어떻게 방어할 것인지 토론과 작전을 짜는 데 시간을 보냈다. 각 우두머리는 50명을 이끌 사람으로 석문산 입구를 지킬 예정이었다. 이들은 석문산 구석구석 지형을 자세히 알고 있었다. 그리고 마침내 부족 마을에 있는 장정들 300명 모두 모인 자리에서 도기는 족장에게 허락받고 한마디 했다.

"우리가 무너지면 우리 마을은 사라집니다. 우리는 반드시 방어해야 하며 기필코 승리해야만 합니다. 후퇴는 있을 수 없습니다. 사랑하는 우리 어머니, 아부지, 딸, 아들, 아내의 운명이 바로 우리에게 달려 있음을 명심, 명심해야 합니다. 우리는 승리할 수 있습니다. 반드시 승리합시다."

그들의 눈빛은 두려움을 이겨낸 결기로 가득했다.

300여 명밖에 되지 않은 군사지만 바다를 완전히 도외시할 수는 없었다. 탐진강에서 이어지는 강물은 강진만에서 바다와 합류한다. 그 드넓은 갯벌을 건너서 마을로 들어오는 건 불가능한 일이지만 모든 일에는 만약의 대책이 필요했다.

도기는 친구 금악에게 50명의 군사를 내주어 바닷길을 막게 했다. 배가 들어올 수 있는 곳은 밀물 때에 작은 배만 올 수 있는 단 한 곳뿐이었다. 이곳을 적들이 알 리 만무하지만 모든 걸 완벽하게 준비해야 한다.

며칠 뒤 나주에 정찰을 나갔던 이들이 돌아왔다. 나주에서 큰 전투가 벌어졌으며 치열한 공방전에서 어느 세력도 우위를 점하지 못한 채 대치 중이라고 했다.

나주 문씨 부족의 힘은 역시나 막강했다. 그들이 잘 막아만 준다면 우리 마을도 안전하고 평화로운 삶을 이어갈 수 있을 것이다.

다른 정찰병에게 온 소식은 적군 중 일부가 우회해서 남쪽으로 내려오고 있다는 것이다. 적들이 우회할 수 있는 길은 두 가지가 있었다. 하나는 탐진강 하류에서 배를 이용하여 동쪽 강진만으로 침투하는 것이고, 다른 하나는 영산강 하류 끝까지 가서 서쪽 바다를 통하여 내려와서 월출산 뒤쪽 길을 이용해서 석문산으로 오는 길이었다. 남쪽 지방을 먼저 점령해서 나주에 있는 부족 마을을 포위하여 공격하려는 의도인 것 같았다. 우리 부족이 만약 뚫린다면 이쪽 남서 지역의 모든 부족이 무너질 수 있는 상황이었다.

3일 이내에 우리 마을에 도착할 수 있을 것이라는 소식에 우리는 석문산에 50명씩 배치하여 다섯 군부대에 자리를 잡을 장소를 확인했고 바닷길에도 50명을 배치할 장소를 다시 점검했다.

모든 준비는 끝났다. 곧 우리 마을과 몇백 년을 이어온 남서쪽 지방의 운명이 결정될 것이다. 적들은 전투로 다져진 자들이었고 우리는 농사와 사냥으로 생계를 이어온 사람이었으나 우리에게는 지켜야 할 것들이 너무나 많고 확실했다.

드디어 운명의 시간이 다가왔다.

북쪽에서 내려온 침입자들이 나주평야를 두고 전쟁을 벌였으나 결국 우위를 점하지 못했다. 영산강을 건너는 데 큰 어려움이 있었다고 했다. 지금까지 이렇게 넓고 거센 강은 처음 접했을 것이다. 아무런 저항 없이 승승장구한 그들에게 또 이렇게 완강한 저항은 없었을 것이다. 양측의 대결에서 연합군의 피해도 발생했으나 침입자들의 타격이 더 컸다는 소문이 돌았다. 그들은 전투에서 일부 병력을 후방으로 돌려서 양공 작전을 하기로 했고 일부 병력이 우리 마을로 향하고 있었다.

2,000명이라는 대군이었으나 가장 강력한 나주평야 부족의 1,300명의 연합군을 압도하지 못하고 정공법 대신 다른 작전을 펼치기로 한 것이다. 500여 명의 병력이 우리 마을을 향해 출발했다는 것이다. 아마 일부는 강을 따라 바닷길로 올 것이고 주력 부대는 석문산의 길로 올 것이다. 도기는 금악에게 다시 한번 바닷길을 완벽하게 지키라고 당부하고 그들에게 활과 화살을 건네면서 최대한 아껴야

한다고 상기시켰다.

우리는 알고 있었다.

바닷길로 온다는 건 스스로 죽음의 길을 선택하는 것임을, 그러나 도기가 지키고 있는 석문산 길도 그들은 결코 살아서 넘지는 못할 것이다. 석문산의 산세는 험하고 길은 협소했다.

우리는 전면전 대신 치고 빠지는 게릴라 작전을 하기로 했다. 병력의 수가 열세라 최대한 지형을 이용하고 가장 빨리 습격하고 가장 빨리 사라져야 한다. 그들은 우리 병력의 수를 결코 알지 못하리라.

3일 후 드디어 그들을 태운 배가 우리 마을 동쪽 강진만에서 보이기 시작했다. 밀물 때만 겨우 배가 들어오는 걸 허락하는 곳이었다. 그것도 밀물과 썰물의 때와 길을 완벽하게 알고 있어야만 가능한 일이었다. 100여 명의 적군이 배를 타고 강진만에 상륙하려고 했다가 물때를 맞추지 못하고 갯벌에 그대로 갇혀버렸다. 강진만의 갯벌은 바로 움직이는 함정이었다. 한번 빠지면 절대 빠져나올 수 있는 무서운 바닷속 늪이었다. 적군 100명은 땅을 밟지도 못한 채 싸워보지도 못하고 서서히 죽음의 길로 들어섰다. 50여 명은 겨우 죽음의 갯벌을 빠져나왔지만 이미 지쳐 싸울 기력을 상실한 후였다. 금악은 무차별 화살을 발사하지 않고 조준해서 모든 적을 사살했다. 완벽한 승리였다. 적들은 지금까지 전쟁에서 쉽게 승리했고 그 승리감에 지형을 무시한 결과는 처참히 패배한 죽음이었다.

전에도 우리 마을에 왜구들이 침입을 시도한 적이 있었다. 바다에서 해적질하는 그들에게도 강진만의 갯벌은 난공불락의 성과 같았다. 육지 땅을 밟지도 못한 채 수가 반으로 줄어 있었다. 바닷길을 가장 잘 알고 밀물과 썰물 때를 잘 알고 있는 그들에게도 강진만의 갯벌은 무시무시한 죽음의 늪이었다.

그 이후에는 더 이상 왜구의 습격은 시도조차 되지 못했다. 그만큼 이곳의 갯벌은 넓었으며 조수의 간만 차는 확실히 빨랐다.

그래도 금악은 석문산 지원 대신 바다를 지키라는 도기의 당부를 떠올리며 다시 전열을 가다듬었다. 지금 석문산으로 향해 가는 적군들은 지금 상황을 전혀 알지 못한 채 마을로 진군하고 있었다.

도기의 눈에 적군이 행렬이 보였다.

적장은 말을 타고 자신만만한 모습으로 다가오고 있었다. 길게 늘어선 병사의 수는 끝이 보이지 않았다. 석문산의 좁고 좁은 협곡의 길로 접어드는 순간, 그들의 운명은 이미 결정되었다. 적의 모든 병력이 석문산 협곡으로 들어오는 걸 확인되자 도기는 드디어 공격 명령을 내렸다. 양쪽 산 중턱에서 쏟아내는 화살과 돌무더기의 세례를 받자 적군들은 방황하기 시작했다. 적장의 목소리가 협곡에 갇혀 울려 퍼진다.

"당황하지 마라, 전열을 정비하라."

라는 그의 말은 순식간에 묻혀버렸다.

한마디로 아수라장이었다. 적군은 도기의 병사들이 어디 있는지 전혀 알 수 없었다. 적장의 두 번째 명령은 선택의 여지가 없었다.

"즉시 후퇴하라."

그러나 다시 퇴각하는 것도 만만치 않았다. 계속 이어온 길을 급변시킨다는 게 쉽지 않은 것이다. 앞으로 전진도 뒤로 후퇴도 어려운 진퇴양난의 상황이었다.

이 전투에서 적군은 300여 명의 병사를 잃었다. 그에 비해 도기의 군은 한 명의 사상자가 없었다. 전혀 피해를 보지 않은 완벽한 승리였다. 적들은 제대로 공격하지 못했을 뿐만 아니라 도기의 병사를 아예 보지도 못했다. 귀신에게 당한 것 같았다. 적들은 500명의 군에서 200여 명만 겨우 살아남아 후퇴했다. 군의 절반 이상을 잃은 것이다.

나주에서 들려오는 전투에서도 적들의 군은 고전을 하고 있다고 했다. 그러나 도기는 흥분하거나 승리에 도취되지 않았다.

그래도 상대 군은 전투 경험이 많은 군사들이다. 이번 패배가 그들에게는 뼈아픈 경험이었지만 다음 전투에서는 분명 더 신중하고 더 교묘하게 접근할 것이다.

적들은 석문산을 한참 벗어난 야산에서 야영지를 차렸다.

도기의 부하 몇 명이 야간을 이용해 기습공격을 하자는 제의를 해왔다. 도기는 사기가 떨어진 그들을 공격해서 전의를 아예 상실하게 할 것인가? 아님. 아군의 피해 없이 다시 석문산 입구를 지킬 것인가 고민에 빠졌다. 그들에게 타격을 주는 것도 중요하지만 지금 더 중요한 건 우리 군의 희생이 없어야 한다는 결론을 내렸다. 아무개의 아부지이자 남편이자 아들들이었다. 정찰병을 보내 그들의 동태만 살피기로 했다. 금악의 군에서도 사람을 보내왔다. 적들은 바닷길도 막히고 육지 길도 완벽하게 막혔다.

며칠 후에 정찰 나갔던 병들이 돌아왔다. 그들이 완전히 퇴각했다는 것이다. 나주평야도 결국 점령하지 못했다. 모든 전투에서 계속 승승장구했던 그들에게는 처음으로 대패당한 것이다. 2,000명으로 출발했던 그들이 다시 돌아간 수는 겨우 1,000여 명에 불과했다. 남서쪽의 지형을 제대로 파악하지 못하고 자만감으로만 공격 한 결과는 쓸쓸한 귀환이었다.

완전히 물러난 것을 확인한 도기의 군대는 그날 밤 족장 집의 큰 마당에서 승리의 잔치를 벌였다. 음악이 떠들썩하고 족장이 특별히 내어준 돼지고기에 술판이 어우러진 온 마을 사람들이 함께한 잔치였다.

족장의 딸인 월영의 눈길은 동료들과 함께 어울리고 있는 도기에게 멈춰져 있었다. 도기도 자연스레 월영을 바라보게 되었다. 한 살 어린 월영과는 어릴 적부터 함께 뛰어다니고 노니는 친구 사이였다. 여자라고 생각해 본 적이 한 번도 없던 사이였다. 그런데 오늘, 도기는 취기 때문인지 월영이 아름다운 여인으로 보였다. 이런 생각에 도기는 머리를 절레절레 흔들며

'아, 내가 미쳐가는가?'

하며 다시 금악이 있는 무리로 들어간다. 그때까지도 월영의 눈은 도기만을 쫓고 있었다.

잔치는 아침까지 계속 이어졌다.

도기는 그들이 다시 침략하리라는 사실을 알고 있었지만, 오늘 밤만은 모든 걸 잊고 싶었다. 아침에 부스스 일어나니 내 방이 아니었다. 어제 밤새워 마시다가 새벽녘 멍석에 그대로 쓰러져 잠들었나 보다.

눈을 뜨니 월영이 눈앞에 보였다. 도기는 헛것인 줄 착각했다.

“도기야, 어제 무리한 거 아냐. 니가 이렇게 술 많이 마신 건 처음 본다.”

하면서 시원한 물 대접을 내밀었다. 목이 너무나 말랐던 터라 쭈우욱 단숨에 들이마셨다.

“쫌 무리했다. 긴장도 풀리고 다행히 이기고 해서 그랬나 보다.”

오랜만에 본 그녀는 어릴 때의 꼬마 숙녀가 이미 아니었다.

속 깊은 눈매와 오뚝하지는 않지만, 선이 있는 콧날이 소녀가 아닌 처녀다운 외모가 보였다. 도기는 아부지와 함께 대장간 일을 하면서 이성에 대해서 관심을 가져본 적이 한 번도 없었다. 물론 혼자 살 생각을 했다는 것은 결코 아니다.

숙취 때문인지 월영의 다른 모습 때문인지 헷갈리지만 월영이 여자로 보이기 시작한 날이었다. 월영은 물 대접을 받으면서

“배고플 테니 아침밥 먹고 가. 아부지가 그렇게 하라고 전하래.”

그렇게 말하면서 얼굴빛이 조금 불그스레 되는 걸 도기는 놓치지 않았다.

“아부지가 기다릴 텐데.”

자기도 모르게 말끝을 흐리게 되고 월영이 다시 한번 요청하자 도

기는 못 이긴 척 족장의 집에서 아침을 같이 먹게 되었다.

족장도 도기에게 평소에 관심이 있었다. 대장장이 아부지와 함께 살지만, 병법에 강하고 손재주도 특출했다. 특히 곧은 마음이 있는 청년이라고 생각해 온 터였다. 월영과 어릴 적 친구기도 해서 내심 사윗감으로 생각하고 있었다. 아침을 먹으면서 족장은

"도기는 결혼할 생각이 없나?"

라며 은근히 떠본 말을 하자

옆에 있던 월영의 뺨은 더욱더 붉어졌다.

"아직 생각해 본 적이 없습니다."

도기는 아직도 눈치도 없이 숟가락질만 열심히 하고 있었다. 족장도 그의 행동을 보며 차마 하고 싶은 말을 참고 있는 듯했다.

그러자 월영이 도기를 똑바로 보면서

"도기야, 나 니 좋아하는디 니는 날 어떻게 생각해?"

도기는 입안에 있던 밥알이 다시 튀어나올 뻔했다. 지금 술이 덜 깬 상황인지 꿈인지 헷갈렸다. 족장이 있음을 의식이 되었다.

"월영아, 우리는 친구 사이제, 글지?"

그러자 월영이 하는 말.

"친구가 연인이 되고 연인이 부부도 되고 그라제, 안 그냐?"

원래 월영이 이렇게 직선적이고 적극적인 아이였나. 솔직히 4~5년간 본 적이 거의 없으니 알 수 없었다. 어릴 때는 장난하고 노니라고 아무 생각도, 감정도 없었다. 도기는 묵묵히 밥만 열심히 먹었다. 아침 식사가 끝난 후 집으로 가려고 하니 족장이 불러 세운다.

"도기, 이번 전쟁에 대해 좀 얘기하세."

도기는 마을의 군을 이끄는 장수로 당연히 거부할 수 없었다. 일단 족장은 도기의 현명함과 용맹함을 치하했다.

그리고 이어지는 말은

"내 딸 월영과 혼인하면 어떻겠는가?"

"족장님, 이건 제가 결정할 사항이 아닙니다. 아부지와 얘기해 보겠습니다. 허나 더 중요한 건 지금 전쟁입니다. 그들은 조만간 분명 다시 침략해 올 것입니다."

도기는 상기된 얼굴로 말했다.

족장도 심각한 표정으로 변하더니

"자네 말이 맞네. 저들은 반드시 더 많은 대군을 이끌고 오겠지."

당분간은 평화로운 시절이었다. 잠깐 휴전의 시간이 주어졌다. 적들도 이렇게 저항이 강하리라고는 생각하지 못했을 것이다. 그러나 또 그들은 절대 포기하지 않을 것이다. 더욱더 많은 군사를 동원할 것이고 더 치밀한 작전으로 공격을 감행할 것이었다. 생존 문제에 대해서는 동물이나 사람이나 목숨을 걸고 싸운다. 이건 모든 생물의 생존 본능이다.

'생즉사 사즉생'...,

이건 나 하나의 문제가 아닌 우리 마을 전체의 생사가 달렸다. 옛날 우리 선조들도 이렇게 후대를, 마을을 지켰을 것이다. 우리가 지금을 지켜야만 후대도 존재하게 된다.

아부지도 월영과의 교제를 허락했다.

“언제까지 우리 둘이 살 수는 없지 않으냐. 너도 이제 어른이다.”

아부지의 몸도 점점 늙어가고 있었다.

“나도 손주 보고 싶구나.”

라는 말로 월영과 사귀는 걸 인정한 것이다.

월영과 도기의 연애 장소는 바닷가를 걷거나 만덕산에 올라가는 것이었다. 만덕산 주위에는 바다가 둘러싸고 있어서 올라가 내려다보는 경관은 언제나 아름다웠다. 이제는 월영과의 관계가 친구에서 연인으로 변한 것이다. 손을 꼭 잡고 입맞춤하는 시간도 횟수도 잦아졌다. 이러한 사랑이 깊어질수록 한편에는 전쟁에 대한 걱정도 점점 커지고 있었다.

월영과 결혼해야겠다는 다짐을 했던 그 시간,

북쪽에서 들려오는 불길한 소식이 전해졌다. 저번 전투의 패배를 설욕하고자 직접 적의 우두머리가 대군을 이끌고 내려온다는 것이었다. 적의 우두머리에 대한 소문은 두려움을 자아내기에 충분했다. 도깨비 형상이라는 소문도 있고 귀신처럼 소리 없이 날아다닌다는 소문마저 있었다. 적의 우두머리가 군대를 이끈 이후부터 북쪽의 사나운 부족과의 전투에서도 져본 적이 없다고 했다. 부여 성씨를 가진 자. 그자가 대군을 이끌고 남하를 시작했다고 한다.

북쪽에는 이미 이민족이 지배하는 나라가 세워졌다고 했다. 그 나라의 이름은 ‘고려’라고 했다. 그리고 그 이민족에서 쫓겨난 다른 부류가 바로 이번에 남쪽으로 세력을 펼치고 있는 또 다른 이민족이었다. 그들도 세력을 점점 키우더니 나라를 세우고 무력으로 남하하면서 다른 부족들을 굴복시키고 있었다. 그들의 주력 부대는 기마병으로 사냥을 주로 하는 민족이어서 전투에 특화된 이민족이었다.

남하하는 적의 수가 4,000명이라는 소문이 돌았다. 그 수라면 우리 부족만으로는 도저히 방어되지 않는다. 저번 전투에 내려왔던 군사의 2배가 되는 수였다. 나주, 영암, 해남, 그리고 강진에 있는 부족들로 연합군을 만들기로 했다. 영암 월출산 기슭에 있는 곳에 일단 연합진지를 구축하기로 했다. 도기도 금악과 함께 전군 300여 명을 이끌고 도착했다. 나주 800명과 해남 400명, 영암 300명 그리고 도기의 강진 부대를 합쳐 1,800명이 남서쪽 연합군 수의 최대치였다.

나주 부족은 전 전투에서 200명의 군사를 잃었다. 나주 부족의 장수인 만적이 최고 지휘자가 되고 나머지 부족에서 온 장수들이 참모로 참여했다. 만적이 모두 모인 자리에서 의견을 제시했다.

"지난 전투에서 우리가 적을 막아내고 승리한 곳이 바로 영산강 방어선이었소. 그래서 이번에도 그곳으로 해야 할지 조금은 고민이 되오."

해남에서 온 장수인 운만이 말을 이었다.

"그래도 영산강이 가장 완벽한 방어선입니다. 이번에도 그곳에서 방어해야 한다고 생각합니다."

가장 중요한 건 방어선을 어디에 둘 것 인가였다. 단 하나의 걱정은 적들이 과연 지난 전투에서 패배해서 다른 대책을 세우지 않을

까였다. 넓은 강을 건너기 위해서 적들은 반드시 배를 타야만 했다.

지난 전투에서도 이러한 전략으로 대승을 이끈 나주 연합 부족이었다. 한 가지 걸리는 점이 있다면 그들도 분명 이러한 작전을 알고 있다는 것이다. 그리고 그 적을 이끄는 수장의 명민함은 이미 우리도 알고 있었다.

"고민되는 부분이요, 전과 같은 작전을 또 하자니 그들도 대비하고 오지 않을까 걱정되오."

맞는 말이었다.

해남에 온 장수인 운만은 그래도 거기만큼 방어선을 구축하기에 좋은 곳이 없을 거라고 다시 한번 강조했다.

적들이 영산강 어디로 올 것인지도 확실치 않지만 가장 빠르게 건널 수 있는 곳과 물살이 약한 곳은 거의 없었다. 영산강은 워낙 크고 물살이 거세어 단시간에 건널 수 있는 강이 아니었다, 적들도 정공법으로 강을 건너는 수밖에 없음을 알고 있었다. 그리고 적들은 수적으로 연합군을 압도하고 있었다. 영암 장수는 차라리 기습공격을 해보자고 했다. 전혀 예상하지 못한 곳에서 선수를 치자는 것이다.

"도기 장군, 자네의 생각은 어떠한가?"

도기는 잠시 생각한 후

"우리 아군의 수는 적군보다 수가 확실히 적습니다. 공격보다는 방어하는 게 전략적으로 맞는 것 같습니다. 허나 그들은 우리가 선제공격한다는 생각은 전혀 예상하지 못할 것입니다. 날렵한 소수 병력으로 돌격대를 만들어 기습공격을 해서 그들에게 혼란을 줘야 합니다.”

나주 부족의 지휘관은 턱수염을 손으로 쓸어 만지며

“그게 실패하면 우리 군사만 잃게 되는 거 아닌가?”

“위험이 없는 전쟁은 없습니다. 제가 군 100명을 이끌고 매복해서 기습공격을 하겠습니다.”

“100명이면 너무 적은 수가 아니오?”

“적들은 우리 수를 전혀 알 수 없을 것입니다, 그들에게 혼선을 주는 게 목적입니다.”

“알았네, 몸조심하고 성공하길 바라겠네.”

도기가 이끄는 부대는 기습공격을 하기 위해 영산강을 먼저 건너가기로 하고 나머지 연합군은 영산강 중류를 최종 방어선으로 구축하기로 했다.

도기는 자기 진영에 도착하자 금악을 불렀다. 그리고 우리 부족이 돌격대가 되기로 했다고 하자 금악은

“왜 수가 적은 우리가 해야 하냐?”

하며 불만을 말했지만 도기는

“지금은 여기 4개 부족은 공동운명체야. 유불리를 따지고 안전하게만 싸우려고 하면 함께 망하는 길이야.”

도기는 금악의 어깨를 두드리며

“이번 기습공격은 내가 이끌 거야, 100명을 선발할 테니 금악 니가 나머지 우리 병사들을 이끌어야 한다.”

금악은 자기가 가겠다고 떼를 쓰고 난리가 아니었다.

"니가 대장인데 본 부대를 지키고 이끌어야지. 거긴 내가 간당께."

겨우 금악을 설득하고 날쌘 젊은 병사 100명을 선발했다.

도기는 선발대 앞에 서서

"죽음을 두려워하지 말라, 인간은 누구나 죽는다. 우리 죽음은 우리 부족과 가족을 위한 명예로운 죽음이 될 것이다. 그러나 가능한 한 살아서 보아야 한다. 알겠나?"

선발대의 우렁찬 대답이 들려왔다.

"넵 알겠습니다."

도기의 부대는 모든 준비가 되어 있었다.

그날 밤 무기를 배에 싣고 조용하게 영산강을 무사히 넘어갔다. 사선을 드디어 넘어간 것이다.

도기가 보낸 정찰병이 돌아왔다.

"장군, 적들의 수는 어마어마합니다. 지금 속도면 이틀 후에는 영산강에 도달할 것으로 보입니다."

역시 수장이 비범한 사람이라고 하더니 전진해 오는 속도가 생각보다 훨씬 더 빨랐다.

"그래 대충 수는 얼마 정도 보이더냐?"

"기병 300여 명에 보병의 수는 3,000명이 훨씬 넘게 보였습니다."

역시나 저번 전투의 패배로 인원이 더 증가했음을 알 수 있었다.

우리가 할 수 있는 기습공격은 낮에는 불가능하고 밤에 짧게 그리고 재빠르게 해야 한다.

"오늘 밤, 그들의 야영지를 기습공격 한다. 세 곳에서 공격해서 그들이 우리의 수를 전혀 알지 못하게 해야 한다."

모두 다 긴장된 표정 속에 의연한 결기가 느껴지는 눈빛이었다. 이들 모두가 살 수는 없다. 아니 전부 다 죽음의 길로 들어설 수도 있다.

"자시 경에 공격해서 한 시진 후에 매월산에 있는 용애굴로 집합한다. 혹시 미행당한다면 이곳으로 오면 안 된다."

도착하면 굴뚝새 울음소리로 아군임을 신호주기로 했다.

도기는 그들 한 명 한 명과 눈을 마주치며

"오늘 밤이 우리 인연의 마지막일 수 있다. 그러나 우리는 서로를 잊어서는 안 된다. 반드시 살아서 만나기를 바란다."

도기는 그들과 점심 끼니를 때우고 잠시 눈을 붙이기로 했다. 충분한 체력이 필요한 작전이었다.

적군들의 모습이 어슴푸레한 어둠 속에서 서서히 나타나기 시작했다. 끝이 보이지 않는 행렬이었다. 아직은 본진 부대는 도착하지 않았지만, 선봉대의 수도 1,000명이 넘었다. 그들이 서쪽 강가에 야영지를 차리는 모습이 보였다. 기습작전을 하기에는 최적이었다.

갈대숲들이 우겨져서 조용하게 침투하기에도 최적의 장소였다. 도기는 다시 모여 작전을 세웠다. 우선 가장 노련하고 경험이 많은 병사에게 각 조의 지휘를 맡겼다. 작전은 간단하면서도 명료했다.

갈대숲에 30명이 잠복할 수 있는 공간을 마련한다. 그리고 내가 우는 화살(명적)을 쏘는 것을 시작으로 일제히 불화살 공격을 개시하고 다시 명적을 쏘면 즉시 퇴각한다. 그러면서 일정 안전거리가 확보되면 갈대숲을 불로 태우고 우린 집합 장소에서 만나기로 했다.

적들은 전혀 기습공격에 대비하지 않고 있었다. 적들의 야영지에서는 밥을 짓는 냄새와 연기가 모락모락 피어나고 있었다. 그리고 그들은 저녁을 마치고 전혀 위험을 감지하지 못하고 소수의 보초병만 세운 채 모든 병사가 취침에 들어섰다. 도기의 부대는 자시 경까지 조용히 기다리고 기다렸다. 달도 뜨지 않은 그믐날, 하늘도 우리 편임이 확실했다.

도기의 명적 소리에 일제히 적들에게 불화살을 날렸다. 달도 없는 밤에 무수히 많은 별똥별들이 아름다운 곡선을 이루며 적들의 야영지에 떨어졌다. 야영지는 순식간에 아수라장이 되었고 적들은 혼이 빠진 듯 혼란 속으로 빠져들었다. 어디서 날아오는지 알 수 없을 만큼 사방팔방에서 날아오는 불화살에 혼비백산이 되었다. 적장은 화살이 날아오는 방향을 조용히 바라보았다.

"화살은 지금 세 곳에서 날라오고 있다. 당황하지 말고 진용을 갖춰라."

이 한마디에 혼란함은 점점 수습되고 화살이 날아오는 곳으로 방패를 세웠다. 아직은 깜깜한 밤으로 피해 상황을 알 수는 없지만 이제 반격을 해야 할 때였다. 도기는 이 상황을 멀리서 보고 있었다.

이제 재빠르게 퇴각할 시간이었다. 도기가 쏘아 올린 명적이 소리를 내자 그들은 대피로를 제외한 갈대밭에 불을 지르고 재빨리 후퇴했다. 순식간에 모든 강가에는 불길로 가득하고 연기로 인해 적들의 추격을 늦출 수 있었다.

도기가 이끈 부대가 매월산에 도착할 즈음, 먼저 갔던 정찰병이 돌아왔다.

"암도 안 온 것 같습니다. 굴뚝새 소리에도 반응이 없어 굴 입구까지 다녀왔습니다."

다른 조는 아직 오지 않았다. 도기와 그의 군사들은 매복한 채 전방을 주시하고 있을 때 굴뚝새 울음소리가 연이어 들리고 두 조도 마침내 도착했다.

희생자는 5명이었다. 적에게 희생된 것이 아닌 불을 냈던 갈대숲을 벗어나지 못했다고 했다. 시체는 수습하지 못했다고 했다. 도기는 그들의 죽음을 안타까워하며 혼령을 위해 묵념했다. 그러나 슬퍼할 겨를도 없이 다시 기습공격에 대해서 작전 회의를 했다.

적의 선봉대는 겨우 반 시진도 안 되는 공격으로 100여 명의 사상자가 발생하고 식량의 반을 잃었다. 적장은 자기의 안이함을 자책했고 반드시 복수할 것이라고 다짐했다. 지금까지 부여 씨 군대는 이렇게 강한 저항을 맞닥뜨린 적이 없었다. 모든 전투에서 연승했고 일방적인 손쉬운 승리였다. 그들은 전쟁으로 영토를 넓혔고 그 전리품으로 나라를 지탱하면서 팽창하고 있었다.

이제부터는 기습공격에 대해서도 대비해야 한다. 본 부대가 오기 전에 어디로 공격할 것인지도 탐색해야 하고 기습공격한 적들도 추격해야 한다. 하나 걱정된 것은 그들의 수가 몇 명인지 전혀 알 수 없다는 것이지만 그들의 총병력을 감안하면 분명 소수일 것이다.

도기는 이번 작전으로 5명의 병사를 잃었다. 누군가의 아들이자 아부지이고 남편이었던 그들, 왜 이들은 희생되었을까. 평화로운 마을에서 땅에 씨앗을 심고 갈고 수확의 기쁨을 느끼며 살았던 평범한 사람들이었다. 정직하게 땀의 대가만 바란 사람들이었다.

북쪽에서 내려온 적들은 남의 땅을 무력으로 빼앗고 곡식과 사람의 목숨을 빼앗으려고 한다. 도기는 그들의 헛된 욕심과 잔인함을 절대로 용서할 수 없었다. 그들에게 처절한 아픔과 패배를 안겨주고 싶었다. 도기는 이번 기습공격에서는 보급로를 끊기로 했다. 아니 피해를 최대한 주기로 했다.

적들의 군대는 선봉대 그다음에 보급부대 그리고 본대로 이루어져 진군하고 있었다. 도기는 그 중간에 있는 보급부대를 다음 공격 대상으로 하기로 했다. 보급부대라지만 그들의 수도 300명이 넘는다. 도기의 병사 수보다 3배가 넘는 수였다 역시나 이번에는 가장 신속하게 공격하고 퇴각해야만 했다. 소수 병력이 할 수 있는 가장 효과가 좋은 작전이었고 선택의 여지도 없었다.

적들이 남쪽으로 내려오는 길에는 노들강 습지를 반드시 지나가야만 했다. 앞에는 늪에 물이 고여 있고 우거진 갈대숲이 늪 주위에 무성하게 자리 잡고 있었다. 그리고 아침저녁으로 자욱한 안개가 언제나 드리워져 기습공격하기에도 적격이었다. 그렇다고 한낮에 공격하기에는 도기 부대의 수는 그들에 비해 너무나 적었다.

도기는 95명을 다시 세 부대로 나누었다.

이번 공격의 목적은 보급품을 탈취하는 것이 아닌 없애는 것이었다. 척후병이 먼저 나가서 위치와 거리를 불화살로 알려줄 것이다. 위험을 무릅쓰고 접근전을 할 이유는 없었다.

드디어 서쪽 하늘로 해가 지고 어두운 저녁이 서서히 찾아오고 있었다.

땅 밑으로 수레가 굴러가는 소리가 울려 퍼지고 있었다. 울림소리는 적이 가까워져 있음을 느낄 수 있었다. 그 울림소리가 늪지대에 도달해서 잦아들고 있을 때, 척후병이 쏘아 올린 불화살이 밤하늘에서 보였다.

도기는 다시 명적을 하늘 높이 쏘아 올렸다. 그와 동시에 수많은 불화살이 불꽃처럼 화려하게 쏟아진다. 말들의 울음소리, 공포와 당황으로 어쩔 줄 모르는 사람들의 죽음의 소리들, 도기는 우리 마을이 살기 위해 적군을 죽여야 한다는 생각에 속이 울렁거렸다.

사람이 사람을 죽인다는 건 가장 잔인하면서도 이해되지 않은 일이었다. 기습공격 후 퇴각 명령을 즉시 내렸다. 여기가 늪지대이고 갈대숲이 있어서 이동하는 게 수월하지 않았다. 더딘 이동으로 몸을 숨기는 데에도 한계가 있었다.

이번 작전에는 어쩔 수 없이 더 큰 희생이 따를 수밖에 없었다. 이번 작전으로 30여 명의 병사를 또 잃었다. 그러나 이 희생이 무의미한 건 아니었다.

적군의 수십 명이 사살됐고 부상자 또한 만만치 않았다. 보급품 중 가장 중요한 식량의 많은 양이 소실되었다.

부여 씨를 가진 자의 본 부대가 영산강 중류에 도착했을 때는 전투할 수 있는 최대 비축 식량은 일주일밖에 남지 않을 것이다. 그건 적들에게는 엄청난 부담감으로 다가올 것이다. 적군은 단기간에 이 전투에서 압도적으로 승리해야만 했다.

도기의 부대는 다시 매월산으로 모였다. 적군에게 치명적인 타격을 줬지만 2번의 작전으로 35명의 동료를 잃었다.

누구를 위한 죽음인가?

누구를 위한 희생인가?

누구를 위한 전쟁인가?

도기는 수많은 질문에 답을 찾을 수가 없었다.

밀려오는 슬픔을 멈출 수가 없었다.

도기는 남은 병사들에게 나지막이 얘기했다.

"우리가 할 일은 다 했다. 우리 친구들의 피로써 많은 성과를 이루었다. 사랑하는 사람을 잃었지만 그들의 영혼은 우리와 영원히 함께할 것이다."

일단 정찰병을 아군의 본진으로 보내 현재 이곳의 상황을 통보하기로 했다.

그럼 이곳에 남아 있는 우리는 어떻게 할 것인가? 도기는 의견을 듣고 싶었다. 모든 병사들은 끝까지 싸워야 한다고 했다.

도기는 남아 있는 인원으로 최대한 적들의 후방을 괴롭히기로 했다. 매월산 용애굴에서 사냥하면서 본격적인 전쟁이 벌어질 때까지. 조용히 기다리기로 했다.

영산강은 물살이 거세고 폭이 상당히 넓은 강이었다. 적이 침략하기에는 어려운 완벽한 방어선이었다. 연합군들은 도기가 보낸 정찰병의 보고로 그들의 병사 수가 4,000명이 정도지만, 보급로가 끊겨서 전쟁 기간을 일주일 이상 끌 수 없다는 사실을 알았다.

희생자가 35명이었다는 그 소식을 들은 금악은 눈물을 글썽거렸다. 금악의 부대는 연합군 내에서 가장 적은 수였지만 그 소식으로 전의는 가장 타오르고 있었다. 1,700명의 수로 영산강 전체를 완벽하게 지킬 수는 없었다.

영산강에서 물살이 가장 잔잔하고 단거리로 건널 수 있는 지역을 최우선 지키기로 했다. 다른 곳들은 물살이 너무나 거칠어서 건너기조차 쉽지 않은 곳임을 적들도 이미 알고 있었다. 이 강을 피하려면 엄청난 거리를 이동해서 영산강 하류에서 건너야만 했다. 그러나 그 길도 습지와 늪지대가 수시로 있어서 대군의 적들에게는 안전한 선택의 여지가 거의 없었다.

드디어 전면전이었다.

남서쪽 연합군은 반드시 이 지역을 사수해야만 사랑하는 사람을 지키고 조상 대대로 이어온 땅을 지킬 수가 있었다.

적들은 이 땅을 빼앗아야만 권력을 또 유지하고 또 팽창해 나가는 동력을 얻을 수 있었다. 이건 옳고 그름의 문제가 아니었다. 목숨을 건, 운명을 건 한판 승부이자 바로 생존의 문제였다. 승자와 패자만 존재하는 잔인한 전쟁터였다.

강 건너 멀리에서 적들의 수많은 배들의 불빛들이 흔들흔들 보이기 시작했다. 어디서 저 많은 배를 구할 수 있었을까? 부여 씨의 권력은 막강하고 영산강 위 지방의 부족들은 그 힘에 제대로 저항하지 못한 채 무릎을 꿇었다. 그 무서운 소문에 칼도, 활도 들지 않은 채 항복한 부족들도 많이 있었다.

적들은 농사보다 사냥과 전쟁에서 획득한 약탈품으로 생계를 유지한 부족으로 살생에 대한 두려움이 없었다. 서로 뺏고 빼앗기는 북쪽 지역에서 결국 밀려나 남하하게 되었지만, 남쪽 지역에서는 누구나 대적할 수 없는 강력한 군사력을 가지고 있었다.

적들에게 항복한 부족들은 그전까지 동맹이었던 남서쪽 부족을 공격하고자 하는 부여 씨 부족들에게 그들이 가지고 있는 배도 기꺼이 제공했다. 누가 적이고 누가 동료인가 누가 원수이고 누가 친구인가.

약육강식의 시대가 열린 것이다.

압도적 적의 수에 우리 연합군 병사들이 조금씩 동요하기 시작했다. 그때 나주 부족의 최종 지휘관인 만적이 큰 소리로 외쳤다.

"여기가 무너지면 우리는 더 이상 존재하지 않는다.

존재하지 않는 자가 될 것인가?

저항하여 이 땅에 존재하는 자로 설 것인가?"

그의 외침에 아군 병사들은 다시 정신을 바짝 차렸다.

수많은 불화살이 밤하늘을 교차하면서 수놓고 있었다. 이건 잔인한 불꽃 놀이었다. 적군의 병사는 또 무슨 죄가 있겠는가? 또 우리 병사는 무슨 죄가 있어 살인자가 되어야 하는 건가. 부여 씨의 소수 권력을 위해 희생당하는 사람들이었다. 그러나 우리는 반드시 이겨야만 한다.

그 불화살을 헤치고 적들의 배들이 점점 연합군의 진영으로 다가오기 시작했다.

금악이 가장 앞장서서 소리친다.

"모두 칼을 빼라. 우리 칼에는 우리 영혼이 있다. 우리 가족이 있다. 난 당당히 이곳에서 죽음을 맞이할 것이다. 우리는 다시 만날 것이다. 가자!!!"

적군들이 배에서 우르르 내려오기 시작했다. 아군과 적군의 병사들은 서로 엉키고 칼 부딪히는 소리가 온 대지에 퍼져나갔다. 여기저기서 쓰러지고 날카로운 비명이 영산강 일대에 울려 퍼진다.

온통 붉고 붉은 색이다.

서로의 얼굴에 누구의 피인지 모르는 사람의 피가 뿌려진다. 공격하는 자와 방어하는 자, 누군가는 죽고 누군가는 생존한다.

갑자기 강 건너에서 건너오고 있는 후발대 배로 불화살이 뒤에서 날아오기 시작했다. 처음에는 이러한 상황을 적들은 파악하지 못했다. 적의 후발대에 알 수 없는 적으로부터 공격당하고 있다는 소식으로 적군들은 혼란에 빠지기 시작했다. 적장은 점령했던 지역에서 이번 기회에 반란이 일어난 건지 모르겠다는 생각이 들었다. 양쪽에서 공격을 당할 수 있는 상황이 올 수도 있었다. 적장은 정확한 상황을 파악하고자 마침내 퇴각 명령을 내렸다.

첫 전투에서는 연합군의 승리지만 피해도 만만치 않았다.

수백 명의 사상자가 발생했다. 적들의 병력은 우리 병력의 배가 넘었다. 그들의 피해는 더 클 것이지만 그래도 병력의 수는 압도적 우위였다.

금악은 부대원들을 수습했다. 30명의 병사들이 이번 전투에서 희생되었다. 슬프고 참담하고 자기 자신에게 화도 났다.

도기는 생존해 있을까? 친구가 그립고 친구의 곁기가 그리웠다.

다시 적들은 더욱더 강력하게 공격해 올 것이다. 그런데 왜 적들은 갑자기 후퇴한 걸까. 격렬한 전투 중에 후퇴한 그들의 행동이 이해되지 않으면서도 궁금했다.

지휘부가 모두 모였다. 첫 전투에서 연합군은 모두 300여 명이라는 적지 않은 병사를 잃었다. 적들의 사상자는 정확히 알 수 없지만, 그들은 여전히 우리보다 압도적인 수를 보유하고 있었다. 그들의 식량은 곧 떨어질 것이고 최대한 빨리 다시 총공격해 올 것이다.

금악은 생각했다.

'도기였으면 어떻게 했을까?'

똑같은 방법으로 방어한다면 역시나 희생이 클 것이다. 그리고 수의 열세를 극복하지 못하고 방어선이 결국은 무너질 것이다.

가을 들판은 이미 전쟁을 치른 폐허 같았다. 아무것도 존재하지 않은 허허벌판만이 존재하고 있었다. 그때 금악의 눈에 들어오는 것이 있었다. 가을 추수가 끝난 후 소여물과 퇴비에 사용하기 위해 모아둔 볏짚 더미들이었다.

'그래 저걸 이용하자.'

연합지휘관 모임에 도기 대신 참석한 금악은 자기 생각을 모두에게 설명했다.

"첫 전투에서 적들보다는 더 적은 수였지만 우리 희생도 컸습니다. 똑같은 형태로 전투를 한다면 결국 수적 열세인 우리가 패배할 것입니다."

그러자 해남 부족 장수인 운만이 말했다.

"그렇다고 뾰족한 방법이 있는 것도 아니지 않은가. 알고는 있지만 어쩔 수 없는 것 아니겠나. 목숨을 걸고 끝까지 싸워야지."

금악은 모여 있는 지휘관들과 눈을 하나하나 마주치며

"불화살로 영산강을 건너는 배를 향해 쏟는 건 분명 효과가 있지만 반시진도 되지 않아 그들은 이 땅에 도착합니다. 추수가 끝나고 논에 쌓아놓은 볏짚으로 방어선을 만들면 어떨까 합니다."

연합군의 총지휘관인 만적이 다시 물었다.

"어떤 방어선을 말하는 건가?"

금악은 침착하면서도 명확하게 설명했다.

"적들이 배에서 내리면 싸우는 척하다가 후퇴한 후에 강가 방어선에 볏짚과 마른나무로 둘러쌓아 불을 질러서 접근하지 못하게 하는 겁니다. 볏짚은 불이 금방 붙고 번지지요. 그 안에 가두어 놓고 화살로 공격하면 훨씬 효과적으로 적들을 섬멸할 수 있습니다."

연합군 지휘관들 모두 좋은 생각이라고 동의했다.

들판에 있던 볏짚을 모아 강가에 약간의 거리를 두고 방어선을 구축했다. 각 집에서는 추운 겨울을 위해 땔감으로 모아두었던 마른 나뭇가지를 최대한 길게 쌓아놓고 적들을 기다렸다.

도기는 전투가 일어나기 전날 매월산 기슭에서 무장을 하고 있는 한 무리를 발견했다는 정찰병의 보고를 받았다.

"그들의 수는 몇 명으로 보이더냐?"

"100여 명 정도 되어 보였습니다."

도기는 그 수에 잠시 생각에 잠겼다. 우리 군사 수보다 더 많은 수였다.

"그들이 적으로 보이더냐?"

도기가 물었다.

"무장을 하고 있었지만, 군복은 입지 않았고 말투가 이쪽 지역 사람들로 보였습니다."

도기는 부대원들을 이끌고 그들에게도 찾아갔다. 도기는 그들 주위를 포위한 후 언제든지 화살을 쏠 수 있게 준비했다. 도기는 그들

무리 속으로 과감하게 들어갔다.

“난 남쪽 강진 부족의 도기라고 하오. 그대들은 어디서 온 거요?”

그들 중 무리를 이끄는 수장이 걸어 나왔다.

“우리는 무악산 부족 사람이오. 우리 부족 족장이 싸우지도 않고 항복해서 우리는 그럴 용납할 수 없어 나오게 됐소.”

“어쩌다 여기까지 오게 된 거요?”

도기의 물음에

“남서쪽 부족이 연합해서 전쟁 준비 중이라는 소문을 들어서 우리도 힘을 보태고자 오게 된 거요. 우리가 너무 늦은 거요.”

“늦지 않았소. 내일 전면전이 일어나오. 우리와 힘을 합해서 후방에서 함께 공격하면 어떻겠소?”

“좋소. 우리가 부족이 가지고 있던 무기를 다 가지고 왔소.”

그래서 도기 부대와 무악산 부대는 전면전이 있던 밤에 후발대의 배에 불화살로 집중 공격을 했던 것이었다.

그 결과 적들은 후방에서 갑자기 날아오는 화살에 당황하게 된 것이었다. 적들은 후방 지역에서 반란이 일어났거나 연합군 병사의 수가 생각보다 많을 수도 있다는 착각을 하게 된 것이다. 그리고 후방이 뚫렸다면 양방향에서 공격받을 수 있다는 최악의 상황에 대비하기 위해 퇴각 명령을 내린 것이다. 이건 적들에게는 이번 전투에서 가장 뼈아픈 판단의 실수였다.

도기의 부대는 이젠 가져왔던 화살도 점점 바닥나고 있었다. 도기와 그들의 부대도 전투에서 연합군이 패배하거나 장기전으로 가면 생존하기는 어려웠다. 첫 전투에서 그들이 후방에서 쏜 화살에 놀라서 퇴각한 적들이었지만 다음 전투에서는 후방도 분명 주시할 것이 뻔했기 때문이다.

도기는 부대원들에게 사실을 말하기로 했다.

"다음 전투에 우리의 운명도 결정이 난다. 우리가 이 강은 건넜을 때 이미 죽음의 강을 건넌 것이다. 지금까지 살아 있을 수 있었던 건 우리 부족을 위한 우리 마음을 신이 보호해 주었기 때문일 것이다."

부대원들의 표정에서도 이미 죽음을 초월한 의연한 표정을 읽을 수 있었다.

적들의 동태를 살피고 온 정찰병은 내일 밤 다시 적들이 대대적으로 공격할 것이라고 했다. 그럼 우리 생명은 단 하루가 남은 것이다.

무기를 점검했다. 화살은 부대원 각 20개, 그리고 칼 한 자루가 전부였다. 최소한 일당백은 아니더라도 적의 한 명이라고 함께 죽어야 한다.

도기는 무악산 수장에게 말을 건넸다.

"우리는 내일 강을 건너갈 것이오. 그대들 덕분에 적들은 첫 전투에서 후퇴했다고 하오."

무악산 수장은 자랑스러운 듯한 표정으로

"우리가 도움이 되었다니 다행이오. 우린 이제 마을로 돌아갈까 하오. 가져온 식량도 바닥이 나고 고향에 가서 어떻게 할 것인가…. 좀 더 생각을 해보겠소."

도기는 그의 손을 꽉 잡고서

“언제든지 강진으로 내려오면 대장간 집 도기를 찾아오시오. 내가 살았든 죽었든 환영해 줄 것이오.”

“나는 무악산에서 그릇을 만드는 군산이라 하오. 무악산에 오면 꼭 살아남아 그대의 군사훈련 방법을 알려주시오.”

둘은 마지막으로 두 손을 꽉 잡고 서로에 대한 신뢰를 확인했다. 두 부족의 군사들은 이젠 각자의 길을 떠나기로 했다.

적들이 배를 타고 아군의 진영으로 떠나는 모습이 보였다. 첫 전투에서 그들이 받은 피해가 눈으로도 확인이 되었다. 적들이 이 정도면 우리 연합군의 피해도 만만치 않으리라.

금악이가 잘 이끌고 있겠지. 친구는 살아 있겠지.

부여 씨 부족의 적장은 처음으로 받아본 강력한 저항에 놀라면서도 당황했다. 오늘 밤에 반드시 결판을 내야 했다.

그리고 반드시 승리할 것이다. 후방에서 공격한 적들은 누구이고 과연 몇 명이 있는 것일까. 후방도 이제는 감시하고 방어해야만 했다.

이번 전투에서 승리한다면 남서쪽의 모든 땅을 바로 차지할 수 있었다. 그러면 이 지역에서 가장 강력한 나라가 탄생하는 것이다. 위 지역 고려에서 쫓겨나서 비록 힘든 시절을 보냈지만 이젠 안정적이고 평안한 시절로 접어들 수 있는 절호의 기회다.

그러나 적장은 전쟁 경험도 하지 않은 부족들의 전투력에 놀랐다.

그들의 용맹함에도 경의를 표하지만, 전쟁은 결국 승리자만 기억되고 우리는 전투로 단련된 군사로 반드시 승리해야만 했다.

이곳 강은 위쪽의 금강보다 훨씬 물살이 거세였다. 물길도 사람들을 닮아가는 건가. 그러나 사나움과 용맹함은 우리가 그들보다 더 앞선다. 우리는 농사 대신 전쟁으로 타 부족의 땅을 점령하고 그 전리품으로 부족을 운영하고 있지 아니한가.

부하들에게 무기를 꼼꼼히 잘 정비하라고 명령했다.

드디어 운명의 밤이다.

부여 씨 적장이 병 앞에 섰다.

"오늘 밤 무조건 전진이며 후퇴는 결코 없다.

반드시 승리해야 한다. 우리는 최강의 군대이며 최강의 부족이다.

절대 물러서지 말고 적들을 한 명도 남기지 말고 싹 쓸어버리자."

병사들의 커다란 함성이 울려 퍼졌다. 이 함성은 승리의 함성이 반드시 되어야만 한다.

칠흑 같은 어둠이었다.

너무나도 조용하고 고요했다.

모든 장소와 시간이 한순간 정지된 듯한 느낌이 들었다.

가장 격렬한 전투가 벌어지는 곳이라는 사실이 믿기지 않았다.

금악은 강 건너를 계속 주시하고 있었다. 희미한 불빛들이 강물 위에서 서서히 보이기 시작했다. 불빛의 수가 온 강을 수놓는다. 흔들흔들, 출렁거리면서 점점 다가오고 있는 저 불빛들, 밤하늘의 별처럼 촘촘하다. 연합군들의 병사들 모두 긴장하고 있었다. 두려워하고 있었다.

그러나 결기가 이러한 두려운 감정을 앞서고 있었다. 승리에 대한 염원과 가족을 반드시 지키겠다는 의지가 기운으로 전해지고 있었다.

지휘관의 우렁찬 명령이 떨어졌다.

"전원 사격하라."

수많은 화살이 춤을 추듯이 상대편으로 날아간다. 적들에게서 발사한 화살들이 유성처럼 아름답게 보인다. 금악의 방패 위에 화살이 꽂히는 소리가 들렸다. 강 위에는 온통 불화살이 교차하고 있었다. 하늘도 강물도 대지도 모두 붉어지고 있었다. 붉은 불들은 곧 강물과 대지를 온통 붉은 피로 물들일 것이다.

적들의 배들이 드디어 상륙하기 시작했다.

연합군들은 적들을 막기 위해 돌진한 척하다가 적들이 다가오자

금악이 병사들에게 큰 소리로 명령했다.

"전원 후방으로 즉시 후퇴하라."

그리고 볏짚에 있는 위치까지 모두 도착하자마자

"볏짚에 불을 붙여라."

강변이 불기둥처럼 활활 타오르기 시작했다. 적들의 당황하는 모습들과 소리 지르는 모습들이 지옥을 연상케 했다. 여기가 지금 살아 있는 지옥이었다. 볏짚과 마른 나뭇가지가 타다닥 연쇄적으로 소리를 내면서 순식간에 번져가고 있었다. 불의 장막에서 우왕좌왕

하는 적들에게 화살 세례를 퍼붓는다. 적들의 비명들이 온 대지를 뒤흔들고 있었다.

온 공간으로 퍼져나가는 죽음의 기운들, 죽음의 소리들.

짙은 안개처럼 연기의 무리가 모든 시야를 가리고 있었다.

도기는 마침내 결정을 내렸다. 기습공격으로 빼앗은 적의 군복으로 갈아입고 변장해서 적의 배를 타고 강을 건너기로 했다.

두 번째 전투에서는 적이 후방을 주시하고 있어서 적의 후방에서 공격하기도 쉽지 않았다. 연합군이 패배한다면 우리 목숨도 이미 죽은 거나 마찬가지다. 적의 배 한 척에는 최대 탈 수 있는 인원이 100명이었다. 적군은 원정을 나온 병사의 수가 많아서인지 아직도 서로의 안면을 기억하지 못한 듯 보였다. 그리고 더욱더 다행인 건 캄캄한 밤으로 더욱더 확인하기가 어려웠다. 도기와 그 부대원들에게는 행운 같은 일이었다.

수많은 불화살이 강물 위에서 교차하고 있었다. 어떤 배는 불이 붙어서 강 위에서 활활 타고 있었고 또 어떤 배는 꿋꿋하게 견디면서 전진하고 있었다. 가장 먼저 출발한 선발대 배들은 거의 아군이 있는 대지에 도착했을 것이다.

'금악이 잘 대처하고 있을까…'라는 생각을 하다가 비상한 재주가 있는 친구이니 분명 최적의 방어선을 구축했으리라 믿기로 했다.

도기가 타는 배는 강 한가운데에 떠 있었다. 날아오는 화살들을 물 머금은 방패로 막고 있었다. 워낙 정신이 없는 상태여서 덕분에 신분이 노출되지는 않았다. 도기와 그의 병사들은 적군을 칼로 베고 배 위에서 강으로 밀어 떨어뜨렸다. 도기와 그의 병사들이 드디어 배를 완전히 장악하게 되었다. 그러나 연합군들은 이 사실을 전혀 모르고 있었다.

도기가 탈취한 배가 아군인지 적인지 알 수 없다는 게 가장 큰 문제였다. 강 건너에 커다란 불길이 번지고 있었다. 벌써 적군에게 점령당한 것일까? 그 불길은 하늘을 향해 무섭게 타오르고 있었다. 화마, 불의 악마처럼 커다란 웃음을 지은 듯한 표정이었다. 도기는 배를 천천히 더 천천히 움직여서 가장 후미에 자리 잡았다. 더 이상 화살은 날아오지 않는다.

'드디어 전면 지상전인가?'

그렇다면 우리도 빨리 상륙해야 한다. 도기와 모든 병사는 적의 군복을 재빨리 벗어 던졌다. 아부지의 얼굴이 떠오르고 월영의 얼굴이 떠오른다.

마지막 결전의 시간이었다. 한 명의 적이라도 더 줄어야 한다.

드디어 강가에 도착했다.

적들의 상황은 예상과 달리 당황하고 지휘 체계가 무너져 있었다. 볏짚 화마에 갇혀 타서 죽은 이도 엄청났다. 사람 타는 냄새가 지독하게 퍼져나갔다. 불과 연기로만 된 지옥이 있다면 바로 이런 곳이었을 것이라는 생각이 들었다. 연합군은 부족마다 지켜야 할 구역이 있었다. 매복한 조도 있었고 볏짚을 겨우 통과한 적들을 선두에서서 섬멸하는 조도 있었다. 적들은 불과 연기에 완벽하게 갇혀버렸다.

부여 씨의 적장은 현 상황을 제대로 파악할 수 없었다. 그러나 더 이상 희생을 두고 볼 수는 없었다.

결정을 내려야만 했다.

치욕적인 결정이 부하들의 목숨보다 중요할 수는 없었다.

"모두 퇴각하라. 신속하게 배에 다시 올라타라."

그리고 그는 자기의 정예부대를 이끌고 부하들이 배에 오를 때까지 후방에서 싸우면서 버티었다. 그의 정예부대는 어떤 전투에서도 패배한 적도 당황한 적이 없는 최강의 부대였다. 부여 씨의 명령이면 스스로 죽음으로 뛰어드는 군인들이었다. 필사적으로 막은 덕분에 살아남은 병사들이 모두 배에 올라탔다. 부여 씨의 충직한 부하가 말했다.

"장군님, 빨리 배에 올라타십시오. 여긴 저희가 목숨을 걸고 싸우겠습니다."

부여 씨의 적장은 그들을 보며

"나는 너희들의 수장이다. 어찌 혼자 살겠다고 먼저 갈 수 있겠느냐. 우린 여기서 함께 싸우고 함께 죽는다."

그의 말은 위엄이 있었으며 결코 빈말이 아니었다.

"장군님, 우리의 죽음을 헛되이 하지 마십시오. 살아남은 병사를 이끌어 후일을 도모하셔야 합니다. 우리의 복수를 반드시 해주셔야 합니다."

부여 씨의 적장은 그들을 바라보았다. 수많은 전투에서 생사고락을 함께한 전우들이었다.

힘겨운 결정을 내려야 했다. 함께 죽음의 길이 맞이할 것인가. 아님. 한순간의 치욕을 견디고 후일을 도모할 것인가.

"알았다. 너희들과 함께여서 명예로웠다. 반드시 복수를 해주마."

그리고 배에 올라탔다.

"다음 생에 만나겠습니다."

라는 말과 함께 그의 병사들은 적진을 향해 돌진했다.

중과부적이었다.

어떠한 용맹함도 병사의 머릿수에는 당할 수가 없었다. 갑자기 후방에 있던 도기의 부대까지 공격에 합세했다. 협공당하자 전열은 순식간에 흐트러졌다. 그래도 그들은 끝까지 끈질기게 버티었다. 도기의 칼에 부여 씨의 충직한 병사의 목이 날아갔다.

연합군의 완벽한 승리였다.

연합군의 피해도 만만치 않았지만, 적군들의 인명피해는 실로 엄청났다. 전쟁터에는 수많은 시체로 가득했다. 적이든 아군이든 누군가의 아부지이자 남편이자 아들들이었다. 지도자라고 불리는 사람의 신념에 따라 희생된 사람들이었다. 연합군들은 아군의 시체는 부족부대별로 찾아갔고 적군의 시체는 모아서 모두 불태웠다. 사람 타는 냄새, 뼈가 타면서 내는 타닥거리는 소리가 몇 시진이나 계속되었다.

도기는 원정을 왔던 부대원들을 모았다. 300명이었던 병사의 수는 200명으로 줄어들었다. 어쩔 수 없는 희생이라고 할 수도 있지만 사람의 목숨은 누구나 소중하다.

금악과 뜨거운 포옹을 했다.

"금악아, 살아 있어서 고맙다."

도기에 말에 금악은 눈물을 보이며

"내가 더 고맙다. 너를 적진에 보내고 내가 갈 걸 얼마나 후회했는지 모른다."

도기와 금악은 지금은 살아남았다. 그러나 둘은 알고 있었다. 이 전쟁은 끝이 아닌 서막에 불과하다는 사실을.

이젠 평화의 시대는 끝났다.

뺏기느냐 지키느냐의 시대로 들어섰다.

그래도 이번 연합군의 승리로 합치면 힘이 된다는 사실을 알게 되었다. 주변 부족 간의 연대는 더 끈끈해질 것이다. 공동의 적이 존재하는 한 연합은 또 계속 이어질 것이다.

연합군들이 마지막으로 군사 회의를 했다.

나주 부족의 최고 지휘자인 만적은

"우리 연합군이 마침내 승리했소. 그 대가로 너무나 많은 사람의 생명을 잃었소. 그들의 희생을 결코 잊어서는 안 되오. 그리고 우리의 연대는 더욱더 굳건하게 이어져야 하오."

연합군의 장군들과 포옹하는 그의 눈에는 눈물이 흐르고 있었고 장군들도, 병들에게도 뜨거운 눈물이 흐르고 있었다.

도기에게 다가온 그는

"자네의 공의 엄청 컸네, 자네 부족의 공이 너무 컸어!"

도기는

"아닙니다. 우리 모두의 공이고 힘이지요."

연합 부족들은 서로 주기적으로 연락을 주고받기로 했고 군사 회의와 훈련도 당분간은 함께하기로 했다.

이젠 각자의 마을로 돌아가야 할 시간이었다.

모두 다 처음에 온 병사보다 훨씬 줄어든 숫자로 돌아가야 했다. 그들의 어깨는 승리의 기쁨보다 동료를 잃었다는 슬픔이 훨씬 더 컸다.

도기와 금악이 이끈 부대도 낮익은 석문산 입구에 마침내 도착했다. 원정을 온 적들에게 큰 패배를 안겨주었던 그 좁은 산길을 따라서 걷다 보니 넓은 들판이 한눈에 들어왔다. 추수가 끝난 들판은 전쟁을 치른 폐허 같지만 봄이 되면 다시 새 생명을 찾을 것이다.

마을 입구에 도착하자 마을 사람들이 도기와 그 부대를 보고 하나둘 모여들었다. 전쟁에 나간 자기 가족의 생사를 확인하고 묻는 사람들을 뒤로하고 그들은 우선 족장 집으로 향했다. 족장은 신발 신는 것도 잊은 채 그들을 뜨겁게 맞이했다. 도기의 손을 잡은 족장의 눈가에는 어느새 눈물이 맺혀 있었다. 멀찍이 뒤에 선 월영의 눈은 도기만 계속 바라보고 있었다.

도기는 월영에게 잠시 목례를 하고 족장에게 전쟁 상황과 피해 상황에 관해 설명하기 시작했다. 100여 명의 사상자는 우리 마을에 있어서는 엄청난 희생이었다. 족장은 사상자에게는 마을에서 관리하는 공동 곡식으로 지원하기로 했다. 그리고 매년 내는 공동 곡식 분도 당분간은 면제하기로 약속했다.

도기는 족장과의 면담을 마치고 돌아와서 마당에 모여 있는 병사들에게 해산 명령을 내렸다. 모두 다 돌아가고 금악과 도기만 남아 있었다.

"금악아 니가 고생했다."

그러자 금악도

"니가 살아 있어서 다행이다."

서로의 우정이 더 깊어진 친구이자 신뢰할 수 있는 전우였다.

금악도 떠나고 도기는 잠시 월영과 마주했다. 월영의 그 큼직한 두 눈에는 눈물이 가득했다.

"도기야, 고마워. 이렇게 건강하게 살아 와줘서."

둘은 두 손을 꼭 잡으며 연인으로서 긴 포옹을 했다.

"널 다시 보니 참 좋다."

도기는 월영과 더 오래 재회의 기쁨을 나누고 싶었지만, 도기만을 기다리는 아부지가 존재했다.

"월영아, 집에 아부지에게 인사드리고 올게. 그리고 다시 보자."

월영은 무척 아쉬웠지만, 티를 내지 않고

"그래, 아부지에게 빨리 가봐. 우린 이제 자주 볼 수 있잖아."

도기의 대장간에서는 쇠 때리는 소리가 여전히 울려 퍼지고 있었다. 아부지는 한결같이 자기가 해야 할 일을 묵묵히 하고 계셨다.

"아부지, 저 도기 왔어요."

막산은 잠깐 고개를 돌리면서

"아들 잘 왔다. 다친 데는 없냐?"

무뚝뚝한 말투와 달리 표정은 감출 수 없을 만큼 기쁨으로 환해졌다.

"네 아부지 전 건강합니다. 그런데 전사한 사람들이 많아요."

"인명은 재천이다. 누구나 한번은 반드시 죽는 거구."

막산은 하던 일을 멈추더니 밖으로 나가신다.

"어디 가시는 것이에요?"

"아들이 살아 돌아왔으니 닭이나 한 마리 잡아야지."

아부지의 발걸음이 한결 가볍게 느껴졌다.

산 자와 죽은 자.

누구는 살아서 돌아왔고, 누구는 부상을 입었고, 누구는 다시 마을로 돌아오지 못했다. 동시에 같은 제삿날로 온 동네가 슬픔에 잠기는 날이 매년 찾아올 것이다. 그리고 그들의 희생으로 전쟁이 완전히 끝난 것도 아니었다. 북쪽의 부여 씨 부족은 언젠가 또 전쟁을 일으킬 것이다. 그 전쟁에서 다시 살아온다는 보장도 없었다. 아무 일도 일어나지 않은 평화로움이 얼마나 행복한 일이었는지 새삼 깨달았다.

도기의 삶도 전쟁 전후로 달라졌다.

처음으로 적이라지만 사람을 죽였다. 그리고 옆에 있던 사람이 죽는 것을 보았다. 그에게 있어 전쟁은 안 할 수 있으면 하지 말아야 한다는 신념이 생겼다.

너무나 끔찍하고 가슴 아픈 일이었다.

적들에게 항복이라고 하겠지만 타협도 생각해 보아야 한다고 생각했다.

가장 중요한 건 사람이었다.

바로 생명이었다.

평화를 지키기 위해 많은 사람이 죽는다면 과연 누구를 위한 평화인 건가.

도기는 만덕산 중턱에 오랜만에 올라섰다.

여전히 동쪽으로 바다가 펼쳐져 있고 남쪽으로는 들판이 자리 잡고 있었다.

지형은 변함이 없지만, 도기의 눈에는 모든 게 달라 보였다.

도기는 예전의 도기가 이미 아니었다.

여행자

매일 매일 반복의 연속이었다.

지루하고 지겹고 재미없는 삶이었다.

사실은 아니었다. 반복임에도 똑같지 않았고 똑같을 수 없었다. 공기가 다르고 바람이 다르고 시간이 다르다. 기분이 다르고 발걸음이 다르고 관계가 다르다. 미세하게 다름을 망각한 채 돌고 도는 세상 속에 스스로 갇혀 있었다.

답답했다.

진실은 산다는 건 재미와 관계가 멀다는 것이다.

하루하루 버티고 힘듦을 꾸역꾸역 견뎌내는 게 바로 삶인 것 같다는 걸 지금 나이에 비로소 알아가고 있었다.

15년 동안 일했던 병원의 모든 익숙한 것들에 갑자기 싫증이 느껴졌다. 아니다, 갑자기가 아닌 알게 모르게 쌓여 있었는지도 모르겠다. 직장 상사의 갑질도 환자들의 신경질도 모든 것들이 마침내 한계점에 도달했다. 진실은, 나 자신이 삶에 회의를 느끼기 시작했다.

무얼 위해 사는 것인지.

정말 열심히 일만 하면서 살아왔다.

최저시급보다 조금 더 많은 월급에서 시작해 매년 아주 조금씩 인상되는 급여에서 적금을 들고 아끼고 아꼈지만, 현실은 전혀 나아지지 않고 답답함만 커지고 있었다.

'열심히…'라는 그 정의에 회의가 들기 시작하면서 사직서를 가슴에 안고 출퇴근하지만 불확실한 미래에 또 버티고 버티는 삶을 선택했다.

나이가 들면 당연히 경제적으로 독립하고 생각도 독립되고 모든 것들이 내 맘대로 될 줄 알았다. 어른은 나이만 먹으면 자연스럽게 그냥 되는 줄 알았었다.

그러다가 마침내 직장 상사와 마찰이 생겼다. 직장이라는 게 모든 사람과 마음이 맞을 수는 없다. 그건 물론 불가능함을 알고 있는 사실이었다. 관계의 어려움은 삶의 숙제와 같은 것이었다. 내 상사는 조금이라도 본인에게 손해인 일은 전혀 하지 않으면서 또 다른 사람에게 다 시키면서 책임을 지지 않은 사람의 유형이었다.

'강한 자에게 약하고 약한 자에게 군림하려는 자'

'책임을 회피하고 떠넘기려는 자'

그것을 당연시하는 사람.

꾹꾹 참고 있었는데 그날은 왜 그랬는지 모든 게 한꺼번에 터져버렸다. 그리고 나는 과감하게 사직서를 제출하고 병원 문을 나왔다. 사직서를 그녀의 얼굴에 냅다 던지고 싶었지만 소심한 나는 그것마저 하지 못하고 나왔다.

과연 잘한 짓이었을까?

반문을 해보지만 솔직히 잘 모르겠다. 이렇게 살 자신도 없고 그만두고 또 뭘 할 수 있을지도 모르겠고 모든 게 막막함으로 가득한 현실이었다.

처음에는 좀 쉬자, 여행을 다니면서 내 삶을 되돌아보자고 생각했지만, 현실은 만만치 않았다. 자본주의 사회에서는 돈의 힘에서 벗어나기 어려웠고 법정 스님의 무소유 사상은 나에게는 너무나 고귀한 이상이었다.

실직이라는 불안함으로 다시 이력서를 작성하고 구인 포털에 수없이 지원했다. 조금이라도 좋은 환경의 병원에서는 불합격 통지 문자가 수시로 오고 열악한 환경에서는 서류에 합격했으니 면접 보러 오라고 했다. '아, 이게 바로 내 현실이면서 지금 대한민국의 내 위치구나…'라는 결론을 인정하기로 했다. 그러다가 문득 진짜 쉬고 싶다고, 훌쩍 떠나고 싶다는 충동이 일어났다.

'아무것도 안 하고 싶다'를 생각이 아닌 행동으로 옮기고 싶었다. 가슴이 뻥 뚫린 곳에서 맘껏 소리치고 싶었다.

'이 거지 같은 세상'

이라고 나 대신 세상을 비난하고 싶었다.

여행지를 매일 매일 검색하다가 페이스북 광고에 끝없는 초원의 사진과 함께 몽골 여행지가 눈에 확 들어왔다. 지평선이 보이고 넓고 넓은 초원에서 말을 달리는 상상만으로도 가슴은 확 틔었다. 물론 말은 한 번도 타본 적도 없지만, 상상 속에서는 가장 빠른 속도로 바람을 가르고 있었다.

가장 빠른 여행 일자를 잡았다.

6월 22일부터 3주 기간이다. 지금은 백수의 처지라 여행비용이 솔직히 부담은 됐지만 '그래, 오직 나를 위해서 단 한 번만이라도 비용을 지불해 보자…'라는 그런 호기 아니 오기인지 모르는 그런 마음이 생겼다.

내가 내 삶에 나만을 위해서만 낭비(?)한 적이 있었던가?

지금까지 내 삶에 대한 보상치고는 아주 소소하다며 스스로 설득하면서 과감하게 예약하고 2주 뒤 여행을 준비하기로 했다. 괜히 들뜨고 신나면서도 낯선 곳에 대한 두려움도 살짝 찾아왔다. 같이 갈 친구를 알아봤지만 모두 다 직장생활로 바쁜 생활을 하고 있었다. 그만큼 바쁘게 살았다는 방증이면서 친구들에게도 소홀했다는 진실을 맞이했는지도 모른다. 다행히 룸 조인으로 추가 비용은 들지 않았지만 3주 동안 낯선 사람과 같이 잘 지낼 수 있을지도 걱정이 되었다.

난 낯선 사람과 친해지는 게 쉽지 않은 성격이었다.

사람과의 관계도 알아갈 때까지 쉽게 맺는 그런 사람이 아니었다. 좋게 표현하면 신중하고 솔직하게 표현하면 소심한 사람이었다. 한

마디로 기대 반, 걱정 반이었지만 부딪쳐 보면 뭔가 될 거라는 근거 없는 자신감으로 소심함을 벗어나 과감하게 떠나기로 했다.

'몽골 초원이여 기다려라, 소심한 내가 간다.'

울란바토르 가는 직항 대한항공 비행기는 만석이었다.

몽골리아로 가는 여행자가 많아졌다. 그와 동시에 대한항공 직항 항로가 생긴 후 여행자가 더욱더 많아지자 저가 비행사도 추가로 직항의 길을 열었다.

내 옆 좌석은 머리카락이 제 멋대로인 내가 봐도 한국 남자인지 몽골 남자인지 헷갈리는 사람이 타고 있었다. 이번 여행을 같이 가는 사람들은 아직 누구인지 알지 못했다. 현지 몽골에서 여행 동행자들과 길 안내자를 만나기로 되어 있었다.

오직 나만을 위한 여행이기에 그 무엇이 중요하겠느냐고 생각했다. 그 사실을 또 망각한 것이다. 삶에서나 여행에서나 누구와 동행하는가가 중요한지를 난 들뜬 마음에 또 잊고 있었다. 직장은 직장상사만 나쁜 사람이라고, 여행은 동등한 위치에 서 있는 거라는 착각을 스스로 하고야 말았다. 제발 여행 동행자들만은 모나지 않고 둥글둥글한 사람이었으면 하는 바람을 늦었지만 간절하게 해보았다.

대한항공의 이쁘고 날씬한 여자 승무원이 점심 메뉴를 물어본다. 왜 승무원들의 미모는 연예인 못지않은지 이해가 되지 않지만, 또 그들의 미모가 부러운 걸 어떻게 설명할 수 있을까. 외모 지상주의를 비난하면서도 평범한 내 외모가 싫어지고 이쁜 여자를 보면 질투도 가끔은 생기곤 했다. 나도 이쁜 여자로 태어났다면, 삶은 가정법이 적용되지 않고 또 변하지도 않는다는 사실을 알면서도 자주 가정법의 마법에 걸려들곤 했었다. 우리 집이 더 부자였다면, 내가 더 똑똑했더라면, 이런 가정법의 마법이 풀리고 현실로 돌아오면 내 현실이 더 초라해 보였다.

'Carpe diem'은 문장에만 박제되어 있었다.

난 3주간 먹지 못할 한식을 대비해 비빔밥을 주문했다.

너무나 이쁜 승무원이 옆에 있는 남자에게는 우리 말이 아닌

"Are you a Mongolian?"

이냐고 영어로 묻는다.

그 남자는 당황했는지 우리 말이 아닌 영어로

"No, I'm a Korean."

이라고 대답하는 모습에 고개를 돌려 웃음을 참느라 좀 힘들었다.

'넌 충분히 헷갈린 외모야.'

나는 그 승무원이 충분히 이해되었다. 그도 비빔밥을 주문하고 화이트 와인을 주문해서 마시고 있었다. 슬쩍 옆 모습을 다시 보아도 충분히 현지인이냐는 그런 질문을 받을만한 외모였다. 각진 얼굴과 정리되지 않은 머리카락, 투박한 느낌이 드는 남자였다.

나는 맥주를 주문하고 시원하게 들이켰다. 술기운에 비몽사몽한 사이 몽골리아의 수도이자 이번 여행의 출발지인 울란바토르에 무사히 도착했다.

공항에서 이번 여행에서 같이할 길잡이 데니스와 여행을 함께할 사람들도 만났다. 물론 길잡이인 데니스는 러시아에서 유학 생활을 했던 순 한국인으로 예명이었다.

나이도, 성별도 다양한 사람들, 그중에 비행기 내 옆 좌석에 있던 그 남자도 끼어 있어 조금은 놀랐고 왜인지는 모르겠지만 조금은 안심이 되었다.

몽골리아의 수도인 울란바토르는 이미 개방되어 발전을 계속하고 있는 도시였다. 구소련에서 독립되어서 한 나라를 이루고 있지만 한때는 세계사에 단일 대륙으로 가장 큰 나라를 만들었다는 사실과는 다르게 지금은 중국 내의 내몽골 자치구와 몽골리아라는 나라로 존재할 뿐이었다. 그리고 땅 대부분은 물이 없는 땅, 고비사막으로 이루어져 있었다. 과거의 영광은 이렇게 잊혀지고 있었다.

과거는 과거일 뿐이었다. 역사적인 사실도 그리고 내가 걸어왔던 삶도 과거는 과거로 남을 뿐 변화시킬 수는 없었다. 그러나 그 과거가 현재로 이어진다. 역사나 삶이나 단절을 존재하지 않는다. 단지 사라질 수는 있었다.

낯선 나라에 대한 무한한 긍정주의는 나의 완벽한 착각이었다.

낯설다는 이유로 용감하게 혼자 시내에 나갔다가 좁은 골목길에서 낯선 몽골 남자들 무리에게 위협을 당했다. 너무나 당황하고 무서워서 어찌할 바를 몰랐다. 어디서나 이런 사람들은 존재하기 마련이다. 다행히 주위의 도움으로 무사히 벗어났으나 나는 급속도로 위축되어 어디 나가지도 못하고 숙소에만 머물렀다.

너무나 놀랐고 무서운 경험이었다. 역시나 어디서나 사람들은 다양하게 있음을 다시 깨달았다. 저녁이 서서히 올라오는 시간에 같은 또래 여행자들이 밖에 나가 술자리에 같이 가자고 했다. 잠시 망설였지만 함께하는 자리이니 마음도 놓이고, 또 안면을 익혀 조금이라도 친해지는 게 여행하는 데 편할 것 같다…는 나름의 판단으로 나간 자리에 그 몽골리언이라고 불리었던 남자도 끼어 있었다.

자기소개라는 이런 형식적인 걸 무척 싫어하지만, 남자라는 족속들은 또 그런 걸 좋아하는 것 같았다. 본능적으로 수컷의 우위를 나타내고 싶어 하는 단순함, 그게 바로 지구상 수컷의 세계일지도 모르겠다.

깔끔한 외모와 잘생긴 남자는 대기업 L전자 과장이라고 자신 있게 소개했다. 직장에 대한 자부심이 철철 넘쳐서 안쓰럽기도 하면서도 한편으로는 이해되고, 너무나 핸섬한 얼굴에 눈길이 자동으로 갈 수밖에 없었다. 아, 외모 지상주의를 혐오한다면서도 본능적으로 눈길이 가는 이런 현상, 본능은 이성보다 생존에 있어 더 필요하다고 스스로 변명해 본다. 그리고 그 옆에 조용히 있는 사람은 구레나룻 수염의 털털한 외모와 달리 지방대 지리학과 대학교수였다. 몽골리아의 지리에 대해 궁금하고 또 그 역사에 대해서도 궁금해서 이번 여행에 오게 되었다고 했다. 교수라는 직책에 내가 알지 못하는 지식에 대란 경외감과 왠지 모르는 호기심이 들었다.

수컷의 본능이 나에게 전이되는 느낌을 받았다. 마지막 남자, 몽골리언이라고 불리었던 그 남자다. 그 남자는 지금 그냥그냥 먹고 살고 있다고 말했다. 그래 다 그냥그냥 먹고살지.

난 간호사를 아주 잠깐 쉬고 있으며 곧 다시 취직할 거라고 말했다. 그 잠깐의 시간에 충전하기 위해서 여기 왔다고 소개했다.

물론 이게 진실이라고 생각하지 않지만….

비슷한 또래라고 표현하기는 그렇지만 우린 30대 후반에서 40대 초반의 나이대였다. 4명이 함께 숙소에 가까운 울란바토르 시내의 포장마차 비슷한 선술집에서 보드카와 맥주를 섞어 보맥을 마시면서 꼬치구이로 첫날 여행의 기분을 만끽하고 있었다.

술이라는 매체의 매력은 사람들의 벽을 쉽게 허물어지게 하고 친밀감을 느끼게 해주는 데 있다. 물론 술이 깬 후에도 그 관계가 지속된다고 확신할 수는 없지만. 그래도 처음의 낯섦과 두려움은 점점 옅어지고 있었다. 왠지 이번 여행이 즐거울 것 같은 느낌으로 첫날 밤을 맞이한 걸로 만족하기로 했다.

그 담날 아침에 일어나니 봉고차 비슷하게 생긴 처음 보는 그런 차, 4대가 숙소 앞에 도착해 떡하니 있었다. 구소련 시대 군용차로 이용되었지만, 지금은 관광목적으로 개조되어 유용하게 쓰이고 있다고 했다.

차량 1대당 여행객 4명이 타야 한다고 했다.

무작위인지 작위인지는 모르지만 타다 보니 내 관심 대상이었던 대기업 과장도 대학교수도 아닌 몽골리언이라고 불리던 남자와 한

팀이 되어 있었다.

우리 차에는 목사 1명, 나보다 나이가 많아 보이는 여자 1명, 그리고 그와 나. 이렇게 4명이 한 팀으로 자리를 잡고 있었다.

몽골리아 여행하는 동안은 계속 이렇게 이동할 것이었다.

목사님은 케냐에서 선교활동을 하고 있다며 잠깐 휴가를 내서 왔다고 했다. 목사다운 평온함이 깃든 얼굴이었다. 여행 동안 기독교 종교에 대해 한마디도 하지 않았다. 그게 가장 마음에 들었다. 물론 나도 무늬상은 기독교 신자였다. 다른 여자분은 전문 사진작가라고 했다. 소녀같이 명랑함과 순수함이 보였다. 원래는 중국 오지에 있는 소수민족을 찾아 인물과 풍경 사진을 찍지만, 이번에는 그곳을 벗어나서 이곳을 선택했다고 말했다.

우리는 초원을 달리고 달렸다.

길이 있는지 아니면 없는 건지 모르는 길을 달리고 달렸다. 조그마한 마을이 보이면 내려서 점심을 해결하고 또 달렸다.

고비사막, 물이 없는 땅이라는 의미라고 했다.

지대가 높아서 구름이 낮게 깔리고 하늘색은 더욱더 파랗게 보였다. 하늘이 나에게 달려들 것만 같았다. 꽉 막혔던 가슴이 확 트인 느낌, 살아 있다는 그런 느낌이 들었다. 길이 없는 길을 스스로 내면서 나아갔다.

우리 삶도 각자의 길이 있을 텐데 우리 사회는 표준화된 길을 만들고 성공과 실패라는 두 단어로 각자를 평가한다. 그 평가의 기준에서 보면 분명 난 성공이라는 길을 가지는 못했다. 부도 가지지 못했고 행복한 가정도 이루지 못했다.

직장도 퇴사해서 마침내 백수가 되었다. 요 정도면 실패한 삶의 대명사가 아닌가.

사막에서의 숙소는 유목민들이 생활하는 게르를 개조한 곳에서 숙박했다. 단체로 차가 움직이는 게 아니라 각자 달리고 달리다가 가끔 무전으로 서로에게 연락해서 위치를 주고받았다. 그러다가 몇 시간 만에 한 번씩 만나고 다시 출발하는 일정이었다.

인상이 좋은 우리 차 기사는 처음 이런 일을 한 신입으로 이 길에 나선다고 하더니 역시나 뒤처지고 끝내 길을 잃어버렸다. 아니 기사가 길을 잃어버리면 어떡하냐고, 서로 말도 통하지 않지만 지금 돌아가는 상황이 이러다가 초원에서 본의 아니게 별을 보면서 노숙하게 되는 건 아닌지 점점 불안해졌다.

다행히 숙소에는 도착했지만 이미 12시가 훌쩍 넘은 시간이었다. 그날 저녁은 그냥 굶기로 하고 쫄쫄 나오는 임시 샤워장에서 대충 씻고 그대로 쓰러졌다. 이게 분명 내가 생각하는 여행은 아닐진대, 역시나 삶이나 여행이나 생각대로 되지는 않는다는 사실을 첫날부터 경험했다. 사막에서 샤워할 수 있었다는 사실만으로 행복감을 느꼈다면 너무 긍정적인 사고방식인가.

아침에 피곤한 몸으로 무거운 눈꺼풀을 힘겹게 뜨고 일어나니 게르 밖이 시끌벅적했다. 게르 주인아줌마의 고함치는 소리는 분명 분노의 게이지가 잔뜩 묻어 있는 소리였다.

무슨 일이지? 비몽사몽으로 나와본다.

우리 여행객 중 한 사람이 이불을 빨아 널었다는 것이다. 그 이유는 내 몸의 곳곳에서 확인되었다. 너무나 피곤해서 잘 때는 몰랐지만 온몸 곳곳에 몽골 초원의 벌레가 내 몸으로 충실히 보양한 게 틀림없었다. 오랜만에 이국적인 맛을 충분히 음미한 흔적들이 몸 구석구석 붉게 올라 수많은 자국을 남긴 게 보였다. 이런데도 세상 모르게 자고 있었다니 피곤하긴 무척 피곤했나 보다. 우리 한국 아줌마의 청결함과 부지런함에도 열렬한 박수를 보낸다. 물이 귀한 사막 한가운데에서 쫄쫄 물이 나오는 이곳의 현실을 무시한 뻔뻔함, 괜히 내가 부끄러웠다. 길잡이가 사정사정해서 겨우 불만을 달랬지만 주인아주머니의 목소리는 끝까지 작아지지 않았다.

하필 올 아침 식사 당번은 우리 팀이 담당했다.

어제 아니 오늘 새벽 도착으로 몸은 천근만근이었지만 울란바토르에서 준비한 식자재로 간단한 반찬과 밥을 준비했다.

모두 다 억지로 꾸역꾸역 집어넣는 것 같았다. 모든 일행이 식사를 마치자 마지막으로 우리도 말없이 밥을 먹고 설거지하려고 다시 모였다.

이런저런 이야기 하면서 설거지 중인데 몽골리언 남자의 속도가 너무 늦다며 목사님이 시범을 보이시는데 그 속도에 깜짝 놀라지 않을 수 없었다. 몽골리언의 속도를 배속으로 보는 느낌이었다. 목사님이 자기 이야기를 조금씩 하셨다. 자기는 신학대를 나오지 않았다고 했다. 그리고 한국에서 생활했을 때 전처는 먼저 세상을 떠났고 현재 전라도에 묘지가 있으며 한국에 아주 가끔 가는데 그때마다 잠깐씩 들른다고 했다. 지금 아내는 재혼이며 딸이 하나 있다고 했다.

아프리카 선교활동은 처음은 너무나 힘들었다고 했다. 아프리카도 보이지 않는 종교 갈등이 있으며 이슬람교가 점점 세력을 넓혀가는 중이라고 했다. 가끔 종교 테러가 발생하고 있으나 나름 케냐에서는 목사님의 교회가 알려져서 이제는 안정하게 활동하고 있다며 담담하게 이야기하고 있는데 그 옆에서 듣고 있던 그가 묻는다.

"아프리카 생활은 할만한가요?"

자기도 그곳에서 살고 싶다는 것이다.

목사님이 그에게

"종교는 있어요?"

그는 무교라고 했다.

"아직 여행 초기니, 생각해 봅시다."

이거 분명 부정적 의견 표시 아닌가.

그는 아랑곳하지 않고

"네 생각을 해볼게요."

그는 왜 아프리카에서 살려고 하지?

그에 대한 호기심이 아주 조금은 생기고 있었다.

다시 끝이 없는 초원을 향해 출발한다.

한참 달려가는 길에 내가 소리쳤다.

"저기 강물이 반짝거리는 게 보여요."

목사님이 말하길

"미진 씨 저건 강이 아니라 신기루에요."

아, 신기루, 난 삶에서 얼마나 많은 신기루를 보았던가?

대학을 졸업하면 고생 끝인 줄 알았다. 또 취직하면 다른 세상이 펼쳐질 줄 알았다. 결혼하면 행복이 다가올 줄 알았다.

이 모든 게 신기루였다.

현실은 점점 더 힘들게, 외롭게, 허무하게 다가왔다.

'삶은 신기루다…'라는 결론도 얻었다.

아지랑이 너머로 보이는 흐르는 강물이 신기루라니, 역시 사람은 보고 싶은 대로만 보는 존재인가 보다.

나 외에 사진작가인 여자분은 아직 미혼이라고 했다. 여행 곳곳을 다니면서 사진을 담는다는 것이 너무나 부럽고 멋있게 보였다. 1년에 3개월 정도는 중국 소수민족이 사는 곳으로 자유여행을 떠난다고 했다. 주로 중국 윈난과 쓰촨 지역에 가는데 자연경관이 너무나 아름다운 곳이라고 했다. 그리고 그곳에 사는 사람들은 더 아름답다고 했다.

그 이야기를 하는 그녀의 눈도 너무나 아름다워 보였다. 진심이 전해오는 눈이었다. 그녀는 소수민족들을 진정으로 사랑하고 있었다.

오늘 몽골리언은 너무나 조용하다.

무슨 생각을 하는 건지 한마디도 없이 차창 밖만 바라보고 있었다.

그렇게 우리는 몽골의 그랜드 캐니언이라 불리는 '차강소브라가'에 도착했다.

난 이런 표현을 싫어한다. 어디의 그랜드 캐니언, 어디의 스위스, 어디의 베니스, 다 나름 고유하고 매력이 있는 곳인데 우린 서양의 지형에 흔히 비유하곤 한다. 어느새 세계사가 유럽 중심으로 바뀌면서 모든 게 백인이라고 불리는 종족 위주로 움직이고 있었다. 난 인종차별주의자는 분명 아니지만 역차별주의자들은 싫어한다. 피부색이 다르다고 차별하는 자들, 무자비한 폭력으로 수많은 사람을 죽이고 사람을 상품으로 거래한 자들, 스스로 선진국이라 우기는 자들에게는 이질감과 함께 경멸감을 보낸다. 지금 지구의 문제라고 말하고 있는 기후 문제나 이민 문제의 원죄는 유럽의 선진국들임을 부정할 수 없다. 그러나 그들은 그 사실을 인정하지 않고 오히려 기후 온난화 방지를 위해 노력하고 이민자를 받아들이는 인도적 정책을 펼치고 있다고 말한다. 그 원죄에 대해서는 아예 말을 하지 않으면서….

그곳에서 정신없이 사진 찍다가 잠깐 발을 헛디뎌서 넘어질 뻔한 순간 건우 씨가 재빠르게 내 손을 잡아줘서 균형을 찾았다. 너무 당황스러우면서도 남자 손 같지 않은 고운 손맛에 나도 모르게 얼굴이 붉어졌다. 남자라면 더 이상 쳐다보지 않을 것 같은 데도 또 두근

거리는 것은 분명 낯선 여행지이기 때문일 것이다.

다시 현실에서는 볼 수 없을 거라는 확신에서 오는 안도감,

"고마워요"라고 말하자

"미진 씨는 조금 엉뚱한 것 같아요."

라고 그가 말한다.

엉뚱하다…. 무슨 의미일까?

건우 씨는 L전자 과장의 이름으로 그는 일주일간만 휴가를 얻어서 몽골 여행만 마치고 먼저 떠난다고 했다. 그 순간 왜 그리 섭섭했는지, 속으로 '미쳤군. 미쳤어'라고 생각했다. 그도 오랜만의 휴가라 어디로 갈까 고민하다가 가슴이 뻥 뚫린 데를 검색하다가 이곳을 선택했다고 했다. '혹시 이것도 인연인가…'라는 착각을 하며 또 곧 헤어진다는 아쉬움이 찾아왔다. 그러면서도 남은 기간이라도 하는 이런 생각들, 참 인간은 간사하고, 간사하고, 간사하다.

내 연애사도 어찌 보면 별 볼 일 하나 없었다.

첫사랑은 대학교 때 만난 선배로 원리원칙주의자였다.

시간과 루틴을 너무나 중요시했던 남자, 계획대로만 움직여야만 안심하는 남자였다. 처음에는 안정감이 들고 편하다는 느낌이었지만 이 남자에게 정말 감정은 있는 걸까 의심이 들었다. 그래서 어느 날 그에게 물었다.

"선배 왜 내가 좋아?"라고.

그의 대답은

"음, 그냥 좋지, 자기는 내가 또 하자는 대로 불만 없이 다 하잖아."

이 대답으로 '사랑이라는 게 참 쉽지 않구나…'라고 느꼈다.

그리고 헤어지기로 결심도 했다.

두 번째 남자는 직장생활에서 만난 같은 병원 의사였다. 서로 바쁘고 여유로운 시간이 없었다. 그는 결혼한 남자였고 그 신분에 맞게 말끔했다. 외모도 말도 성격도 모든 게 말끔했다. 그가 아내와 곧 헤어지고 나에게 오겠다는 말, 과연 나는 믿었던 걸까, 아니면 믿고 싶었던 걸까. 그는 불륜 드라마에 나오는 내연남처럼 역시나 약속을 지키지 않았고 병원문을 먼저 나선 건 그가 아닌 나였다.

사랑은 사랑으로만 되는 것도 아니고 사랑이라고 부르는 게 과연 사랑이었을까 라는 의심과 함께 불신도 함께 타올랐다.

나도 그를 사랑했을까?

그의 부를, 직위를 사랑한 게 아니었을까?

난 그래도 그 순간만은 사랑이었다고, 진심으로 믿었다고, 그렇게 믿고 싶었다. 이렇게 내 사랑을 합리화시키고 싶었다.

그게 현실적으로는 타인의 관점에서는 사랑이 아니라고 한다고 해도.

그 후에 나는 사랑이라는 감정을 숨겼다.

모든 게 거짓이고 순간이고 이별이 필수적인 결과라면 더 이상 안 하겠다고 다짐했다.

여행이라는 일탈이, 낯섦이, 대기업 과장의 외모에 관심을 두게 했다는 게 맞을 게다. 아니다. 술자리가 없었다면 나란 존재는 감정에 무심한 사람이었을 것이다. 가끔 보이는 그의 모습에 설레는 내 감정을 어떻게 표현해야 할까. 그래 이건 일상이 아닌 일탈이니까 하고 합리적인 이유를 찾았다.

내가 탄 차의 기사는 여전히 길을 헤매고 있었다. 참 운도 없지. 삶에도 운이 없고 여행에도 운이 없는 사람.

결국 차에 펑크가 나고야 말았다. 기사가 하는 긴급 처치가 너무 어이없어 나도 모르게 헛웃음이 나왔다. 자전거 바퀴에 바람을 넣는 조그마한 펌프로 열심히 펌프질을 하고 있는 것이 아닌가. 우리 일행은 그 광경을 보는 순간, 모두 포기하고 차 그늘에 앉아 쉬는 게 전부였다. 한참 있으니 먼저 출발한 차가 도착해서 타이어를 순식간에 교체했다. 이렇게 해결되니 더 우습고 황당했다.

얼음계곡에서 도착해서 트래킹을 시작했다. 계곡 사이에는 이 메마르고 메마른 땅에도 생명의 물줄기가 흐르고 있었다. 계곡 사이에서 불어오는 시원한 바람이 더위를 가시게 해주었다. 그래서 얼음계곡이라는 이름을 얻은 건가, 라며 다시 차로 되돌아오는 길에는 몽골리아에 왔으니 말을 한번 타보기로 했다.

난생처음의 경험이었다.

생각해 보니 지금까지 새로운 일에 도전하는 걸 회피했었다. 익숙지 않은 낯섦을 두려워했었다. 익숙한 길로만 가고 익숙한 사람들만 만났었다.

처음으로 낯섦으로도 향한 여행이었다.

내 첫 해외여행이었다. 내가 타고 가는 말은 내가 원하는 길을 따라가는 게 아니라 멋대로 멈춰서 초원 사이로 흐르는 물을 마시고 또 한가로이 풀을 뜯곤 했다. 이 말은 내 말을 전혀 듣지 않고 대놓고 무시했다. 역시나 내가 승마 초보자라는 걸 동물도 본능적으로 아는 것 같았다. 30분 거리를 한 시간 만에 겨우 도착했다. 허벅지 근육이 뻐근했으나 그래도 고생한 말에게 고마움을 표시했다.

셋째 날 밤에는 모두 모여서 밤하늘 별을 보며 보드카를 한잔하자고 했다. 한점 불빛이 존재하지 않은 사막의 밤, 상상만으로도 황홀했다. 그 상상이 현실이 되는 밤이었다. 핸섬한 대기업 과장, 아 윤건우 씨, 혹시 나올까 하는 소심한 기대를 하게 되었다. 무얼 기대한다는 것인가? 헛웃음이 나왔다. 게르에서 나오면서 쳐다본 밤하늘은 온통 별천지였다. 은하수까지 길게 모양을 내며 별이 쏟아지고 있었다. 누군가는 저 별은 무슨 별이며 별자리를 설명하고 있었고 누군가는 보드카 한 잔을 마시면서 하늘의 별로 안주 삼는 사람도 있었다. 난 윤건우 씨 옆에 자리를 잡고 그와의 대화를 시도했다. 물론 겉도는 얘기지만 여행이라는 낯선 곳이 낯선 사람과도 얘기할 수 있는 용기를 주었다. 나도 독하디독한 보드카 한 잔을 털어 마셨다. 식도를 통해 넘어오는 뜨거운 느낌, 아, 내가 살아 있음을 이 한 잔 술로, 몸으로 느꼈었다. 밤은 점점 더 깊어가고 대화는 깊음을 넘어 서로 자기들 얘기하는 데 열중이었다. 술의 매력이자 술의 부작용이기도 했다.

술의 부작용은 수다로만 끝나지 않았다. 아침부터 부글부글 끓어오르는 아랫배에 소식이 전해왔다. 가만 여기 화장실이 어디 있었지? 두리번 두리번거리다가 저기 멀리 떨어진 곳에 작고 허름한 나무 건물이 홀로 서 있었다. 혹시 저것인가? 하고 문을 열자 완전 재래식 화장실 냄새가 순식간에 후각을 마비시켰다. 안에서 잠그는 잠금장치도 물론 없었다. 어쩌지?… 하고 있을 때 저기 지나가는 그 몽골리언을 발견했다. 가만 저 사람 이름이 뭐였지? 갑자기 생각이 나지 않는다.

앗, 정호다 김정호.

"정호 씨."

부르면서 손짓하자 그가 어슬렁어슬렁 다가온다.

"화장실이 급해 그러는데 여기 잠금장치가 없어요. 저 앞에서 누구 오는지 좀 봐줘요."

그 몽골리언의 표정은 '뭐 이런 여자가 다 있지?'라는 표정이었지만 담담하게

"알았어요."

라고 대답하고 좀 떨어진 그곳에 있었다.

나는 최선을 다해 밀어내려 했지만, 긴장감 때문인지 결국은 실패하고 말았다. 결국 이것마저 실패하는 건가?

부모님은 1997년 IMF 때 직장이 갑자기 사라져 버렸다.

아빠는 J 은행원으로 평생직장이 될 줄 당연히 믿었었다.

국가도 부도가 날 수 있다는 생각은 전혀 하지 못했다. 다른 회사

가 부도나는 걸 자주 봐온 아빠였지만 근무하고 있던 은행이 사라질지는 전혀 예상하지 못한 것이다. 그때는 모든 회사가 흔들렸고 많은 실직자가 한꺼번에 쏟아져 나왔었다. 다른 직장도 알아보았으나 수많은 실직자가 취업할 수 있는 회사는 턱없이 부족했고 은행 업무 외에는 전혀 기술이 없는 아빠는 결국 엄마의 음식 솜씨를 믿고 음식점을 내기로 했다. 그때 언니는 이제 중학생이었고 내 나이는 겨우 11살이었다.

식당 장사라는 게 유명식당이 아니고서는 그럭저럭 망하지만 않고 유지만 해도 성공한 셈이었다. 두 딸을 대학교까지 보낸 걸 보면 교육열은 여느 부모 못지않은 건 사실이었나 보다. 언니는 항상 나보다 더 월등한 성적을 유지했고 결국 교육대에 들어가서 지금은 초등학교 교사가 되었다. 두 자매 모두 공부를 잘한다는 건 어쩌면 세상에서 공평한 일이 아닐지 모른다는 사실을 난 증명해 보였다. 엄청나게 못하지는 않았지만 잘한 편 또한 아니었다. 중간 성적에 머무르면서 친구들과 놀고 즐거운 학창 시절을 보냈고 지방 대학의 간호학과를 졸업하고 운 좋게 지방종합병원 간호사로 취직할 수 있었다. 언니는 같은 학교에 다니고 있는 교사와 결혼해서 남매를 낳아 아주 순탄하게 결혼생활을 살아가고 있다. 행복한 가정이라는 정의를 내린다면 바로 언니네 가족을 말하는 것이라고 난 지금도 생각한다.

나도 당연히 나이가 차면 결혼하고 아기를 낳고 평범한 가정을 이룰 줄 알았다. 평범이라는 생활이 얼마나 어려운 일인지 알아가고 있다. 차라리 이 세상에서 보통과 평범의 단어가 삭제되어야 한다고도 생각한 적이 있었다.

7년 전 결혼했었다. 남편이라고 불리는 사람은 증권회사 직원이었고 깔끔한 외모와 화려한 화술에 난 첫눈에 반해 있었다. 고등학교 친구 소개로 만난 사이였지만 우린 급속도로 친해졌고 만난 지 3개월 만에 양가 인사를 하고 곧바로 결혼에 골인했다. 그때만 해도 완벽한 골인 줄 알았는데 나중에 보니 완전한 똥볼이었다. 너무나 뜨거웠던 연애 3개월은 서로를 알기에는 너무나 짧은 시간이었다. 30년 넘게 서로 다른 환경과 습관에 산 사람들이 한 공간에 함께 산다는 게 얼마나 어려운 일인지 매일매일 깨닫고 있었다. 그의 일상은 술을 마시고 늦게 퇴근하는 일이 습관이 되어 있었다. 나도 병원일이 있어서 처음에는 그럴 수도 있다고 이해했지만, 주말에는 잠만 자고 평일에는 매일 술이었다.

그가 하는 말이

"실적 때문에 어쩔 수 없이 술자리를 하는 거야. 고객 접대도 하고 상사들에게 아부도 하고, 나도 일찍 퇴근하고 싶다구."

증권회사라는 곳이 기본급이 있지만 성과급으로 연봉의 차이가 크게 나는 곳이란 걸 그때 처음 알았다. 얼마나 스트레스를 받았을까 안쓰럽기도 했다. 그러나 그이의 퇴근 시간은 여전히 늦었고 이해하는 데에도 한계가 있었다. 그렇게 다정했던 연애 시절이 있었는지 남남보다 더 못한 사이가 된 것 같았다. 그러던 중 좋은 투자

상품이 있어 돈을 벌 수 있다면서 부모님과 언니네에게도 투자하라고 권유했다. 내가 거절하자 권유를 넘어 강요에 이르렀다. 하는 수 없이 가족의 돈을 투자했지만, 결과적으로 투자금만 날리는 상황이 되었다. 다행이라면 목돈이 아니었다는 사실이고 그로 인해 가족을 만날 면목이 생기지 않았다. 점점 가족과도 멀어지게 되었고 이런 상황들이 난 너무나 싫었고 스스로 죄책감에 우울해지곤 했다.

서로 잠자리를 가진 지도 기억이 없었다. 서로 돈 버는 기계 이상은 아닌 듯한 느낌에 2년이 지난 시점에서 나는 그에게 말했다.

"우리 이혼하자."

그가 나를 빤히 쳐다보면서 하는 말

"그래 그러자."

물론 진심이었지만 너무나 쉽게 동의하자 잠깐 당황했었다. 다행인지 불행인지 아직 혼인신고를 하지 않았다. 서류상으로는 둘 다 미혼이었다. 결혼은 실패했지만, 인생은 실패하지 않았다고 여겼는데 직장마저 퇴사하니 정말 실패의 삶이 아닌가 생각되기도 했다.

곧 40이라는 나이, 백세시대의 반도 아닌 세월 동안 내 삶을 돌이켜 보니 수없이 많은 실패로 점철되어 있었다. 그럼 성공한 삶은 무엇일까? 답을 찾을 수 없었다. 나와 반대된 삶이 성공한 삶인 건가?

아시아 최대 황금빛 사막!

150km에 달하는 모래언덕 '홍고린엘스'를 향하기 위해 쌍봉낙타를 타기로 했다. 낙타들이 줄지어 자기와 함께 할 사람을 기다리고

있었다. 여행자가 낙타를 선택하는 건지 낙타가 여행자를 선택하는 건지 헷갈렸다. 낙타의 커다란 눈과 길고 긴 속눈썹이 너무나 신비롭고 이뻤다. 조선 후기 실학자 박지원이 『열하일기』에서 낙타를 묘사했던 글을 보았던 것 같았다. 가만 뭐라 그랬지. 그때는 참 묘사력이 뛰어나다고 생각했었는데 담에 한 번 다시 읽어 보아야겠다고 마음먹었다. 낙타가 앞다리의 관절을 펴고 일어서자 예상보다 시선의 높이가 높아져서 조금은 놀라고 무서웠다. 내 옆에 있던 몽골리언은 낙타가 그를 거부한 듯 등위에 올라타다가 바닥으로 떨어지고 말았다. 다치지 않았는지 깜짝 놀랐지만, 그는 바지를 탁탁 털더니

"나도 니가 맘에 안 들었어."

혼자 말하며 다른 낙타를 타러 가는 것이었다.

참 무던한 사람이다. 우리는 한 줄로 꼬리에 꼬리를 이으면서 사막으로 천천히 나아갔다. 옛날 실크로드를 다녔던 대상이 된 것 같은 착각마저 들었다.

낙타가 더 이상 갈 수 없는 사막 앞, 우리는 낙타에 내려 걸어서 올라가는 길, 곱고 고운 금빛 모래가 맨발 발가락 사이로 빠져나오면서 간지럼을 태운다. 저질 체력임을 느끼며 헉헉거리며 사구에 올라서니 온통 모래의 세상이 펼쳐진다. 사막의 아름다움은 우물이 어딘가에 있기 때문이라는

『어린 왕자』 책 속의 문장은 사실이 아닐지 모르겠다. 사막의 진정한 아름다움은 사막만 존재하기 때문일 것이라는 생각이 순간 들었다.

숙소 가는 길에 티베트 사원에 들렀다.

티베트에서 넘어온 불교의 흔적들, 누군가는 이단이라 하고 정통 불교가 아니라고 한다. 과연 그 기준은 누가 정하고 또 무엇이 판단 기준이 되는 걸까? 그럼 나는 사회에 이단아가 아닌 정상적인 사람인 건가? 수많은 질문이 쏟아지지만, 답을 할 수도, 찾을 수도 없었다. 난 그냥 소박한 사원이, 무너져 가는 사원이 더 종교적으로 보였다. 무소유의 상징처럼.

게르에서의 밤은 점점 적응이 되어가고 있었다. 한국에서 가져온 침낭에서 무조건 자기로 했다. 게르가 우리 사람에게만 안전한 장소가 아니었음을 완벽하게 깨달았다. 온갖 벌레와 곤충들에게도 추운 밤에는 안락한 안식처가 되었다. 그리고 우리 인간들은 그들에게 가장 안전한 먹이도 되고 있음을 알았다.

초원에서 달리다가 사람들이 모여 있는 곳에 잠시 멈추어 섰다. 거기는 샘이 있는 곳으로 염소들이 물을 마시고 있었다. 유목민에게 가축은 가족이면서 생계 수단이었다. 말 대신 지금은 오토바이를 타고 다니지만, 그들은 아직도 유목민의 생활을 이어가고 있었다. 우리는 노마드의 세계를 동경하지만, 그들도 지금 젊은 사람들은 도시로 빠져나가고 노인들만 초원을 지키고 있었다. 노마드는 정착을 원하고 정착민은 노마드를 꿈꾸는 건지도 모른다. 꼬마가 따가운 햇빛을 피해 몽골리언 등 뒤로 숨는다. 두 사람이 부자간 같아 피식 웃음이 나왔다.

내가 그에게 말했다.

"두 사람 꼭 부자지간 같아요."

그러자 그가 웃으면서

"따지고 보면 우린 같은 피가 흐르고 있는지도 모르죠."

하면서 그 꼬마의 머리를 쓰다듬는다.

뭐 인류의 시초는 어차피 똑같지 않겠냐는 생각도 들었다.

게르에서의 밤은 별을 보며 술 마시는 낭만이 있었다. 밤늦게 나와보니 건우 씨와 정호 씨 그리고 대학교수인 태선 씨 셋이서 맥주를 마시고 있었다.

정호 씨가

"미진 씨도 같이 마셔요."

라고 나를 부른다.

비슷한 나이대여서 편해서인지 유난히 3명이 함께 자주 모인듯했다. 직업의 다름은 있지만 여행에 그 무엇이 중요하겠는가. 우린 다시 만날 인연도 아닌데 라며 그들과 합석했다. 지금 우리 시대에 고민에 대해서도 요런 저런 이야기를 하면서 또 밤은 깊어만 간다.

역시나 대학교수는 몽골 지리에 대해서 끊임없이 이야기했다. 그리고 몽골족이 세계에서 가장 넓은 땅을 차지할 수 있는 이유에 관해서도 설명하고 있었다.

"몽골 말이 지구력이 좋다고 하잖아요. 병사 하나가 말 두세 마리와 함께 달리면서 타던 말이 지치면 다른 말로 갈아타면서 쉬지 않고 달리는 거예요."

몽골족의 말타기 기술을 굳이 설명할 이유는 없으리라.

중세 유럽에서 가장 놀라운 것이 바로 이 속도였다고 했다. 유럽 말로는 삼사일 걸리는 거리를 몽골족은 하루 이틀 만에 도달한다는 것이다.

건우 씨도 한마디 했다.

"젊었을 때 제주도에서 마상 서커스를 본 거 같아요. 아예 날아다니던데."

태선 씨의 대화는 이어졌다.

"식량도 이동하면서 해결했어요. 지금 우리가 맥주 안주로 먹고 있는 이 육포가 바로 그때 식량으로 이용되었다고 해요."

육포를 씹으면서 말을 갈아타는 몽골족이 상상되었다.

"더 많은 이유가 더 있겠지만 전 관용 정책이라고 생각해요. 항복하면 자치권을 인정했어요. 물론 반항하면 가축까지 모두 도륙하는 잔인함도 보였지만요."

역시 교수는 교수인가 보다. 저런 끈기가 있어야 공부를 계속 이어갈 수 있었겠지.

그때 조용하던 정호 씨도 갑자기 대화에 끼어들었다.

"과거 제국이라고 불리던 나라들은 대부분 이민족에게 관용을 베풀었던 것 같아요."

태선 씨가 말을 다시 이었다.

"그렇죠. 그래서 지금 미국이 현대의 제국이라 할 수 있었는데 점점 이민자를 탄압하니 미래를 모르겠네요."

"지금까지 제국들이 이민족을 탄압하는 순간 망해가던데."

정호 씨의 말끝이 좀 흐려지면서 우리의 자리도 흐트러졌다.

남녀평등을 외치면서도 술값은 미진 씨는 예외로 하고 우리끼리 계산하자는 교수의 말에 이의를 제기하는 사람은 없었다. 내 또래 여자들도 2명 있었는데 그녀들은 이번 여행의 동행자들이었다. 나로서는 이해되지 않은 동행이었다. 전에 여행을 같이 갔던 사람들과 다시 온 것이다. 여행은 그 순간, 그 풍경, 그 사람들과 즐기면 되는데 또 함께 오다니 이상한 조합이라고 생각이 들었지만, 한편으로는 낯선 사람과 같이 잔다는 게 부담스러울 수도 있겠다는 생각도 들었다. 나도 처음에는 함께 갈 친구를 원하지 않았던가.

그래도 여행의 가장 큰 장점은 아무도 자기를 모른다는 익명성이 아닐까. 혼자 온 내가 할 수 있는 가장 그럴듯한 합리적인 결론이었다.

공룡 발자국을 찾아 공룡 화석 발굴지 '바양작'을 향하는 길, 똑같은 길로만 가는듯한 착각에 빠진다. 메마르고 메마른 땅에 또 메마르게 자라고 있는 풀들만 존재하고 있었다. 아니다. 사실은 이 땅에도 생물들이 살아가고 있었다. 단지 우리 눈에 보이지 않았을 뿐이다. 생명은 끈질기고 끈질기다. 사막의 생명은 그 끈질김의 최정점에 서 있는 존재들이다. 난 이 사막에서 내가 생활하는 도시를 떠올렸다. 화려한 불빛과 빌딩으로 이루어진 도시도 어쩌면 사막의 다른 이름인지도 모르겠다. 생존을 위해서 끈질기게 살아야 한다. 화려함 뒤에 오는 그러한 감정들은 사막보다 더욱더 외롭고 쓸쓸하기도 했다. 사막의 생존은 기다림으로 이루어진다면 도시의 생존은 치열한 경쟁으로 이루어져 있다. 한순간 그 경쟁에서 뒤처지면 도태되고 만다.

달리고 달리다가 내려서 도시락 점심을 먹었다. 하늘이 바로 내 머리 위처럼 느껴졌다. 여기가 고지대임을 다시 자각하는 순간이었다. 목사님이 옆에 계셔서 나는 물어보았다.

"목사님은 어떻게 케냐에 가셨어요?"

목사님이 날 한참 바라보더니

"그냥 낯선 곳에 가고 싶었어요."

라고 말씀하신다.

더 이상 질문을 허락하지 않겠다는 표정과 어감이었다.

사연이 있으시구나! 그래 여행하러 와서 사생활을 물어본다는 것도 우스운 일이었다. 우리는 이 3주간 여행이 끝나면 각자의 길로 가야 함을 알고 있었다.

바양작에 마침내 도착했다.

공룡 발자국이라는 게 선명하지는 않았다. '차라리 전남 해남이나 경남 고성이 더 화석지 같은 게 아닌가…'라는 생각이 든 순간 햇빛을 머금은 붉은 벽이 모든 것들을 서서히 변하게 했다. 붉고 또 붉다. 햇빛은 색이 없는데 그걸 받아들이는 사물은 색을 시시각각 가지게 된다. 색이 없는데 색이 있었다.

몽골리언 정호 씨와 목사님이 나를 부른다. 함께 사진을 찍고 싶다며 나에게 찍사를 부탁했다. 언제 저 두 사람이 친해진 거지? 어울리지 않는 조합인데 또 나름 어울리는 조합이기도 했다. 아프리카에 가겠다는 정호 씨의 제안을 받아들인 것일까? 궁금했지만 굳이 물어보지는 않았다.

사막에서의 마지막 밤이었다. 게르 이외에는 인공적인 건물은 아무것도 존재하지 않는다. 온통 사막이고 초원이고 바람뿐이다. 그리고 밤하늘에는 별이 땅으로 쏟아질 듯이 가깝게 자리 잡고 있었다. 게르 안에도 술을 판매하는 곳이 있어 술을 친애하는 사람들과 사막과의 작별이 아쉬운 사람들이 하나둘 모여들고 있었다. 여전히 술로 모이는 4명이 모였고 다른 테이블에서는 더 연장자들이 모여서 이야기하고 있었다. 교수도 몽골리아 여행만 한다고 했다. 아, 그럼 우리 4명 중에 몽골리언 정호 씨와 나만 바이칼 호수로 가는 건가? 순간 이성적으로 관심이 간 두 사람은 빨리 떠나고, 여행마저 뭔가 안 풀리는 모양새다. 술이 술을 부르고 말이 말을 부른다. 그리고 이런 섭섭한 감정들은 더 술을 부른다.

다음 날 머리도 몸도 무거웠다.

어젯밤 필름은 끊겼다. 그래도 여행에서의 인연이라 크게 걱정이 되지 않았다. 이어질 인연이 아니라는 게 괜히 안심되는 아침이었다. 일회성 인연, 여행의 자유로움은 낯섦과 이러한 일회성으로 오는 건지도 모르겠다. 갈 사람은 가야 하고 또 여행을 계속할 사람은 또 나아가야 한다. 건우 씨도 교수인 태선 씨도 울란바토르에서 한국으로 떠났다. 남은 일행은 바이칼 호수를 보기 위해 러시아 국경을 다음 날 넘어가야 한다.

러시아 입출국사무소 여자 직원의 거대한 몸에 주눅이 들었다. 입국심사 때 왜 이리 긴장되는지, 여행객 한 명 한 명 무사통과되고 나도 당연히 통과될 줄 알았는데 뭐라고 큰 소리로 나에게 말한다. 생존형 영어만 겨우겨우 알아듣는 나인데 순간 당황한 순간 몽골리언 정호 씨가 와서 그 여자에게 뭐라고 말하고 다행히 나도 무사히 통과했다. 이 순간 그 남자가 달리 보였다.

바이칼 호수를 보기 위해 들린 도시는 이르쿠츠크였다. 너무나 깔끔한 거리와 유럽풍 건물이 내가 얼마나 러시아에 대한 편견이 심했는지 반성하게 되었다.

이 도시를 '러시아의 파리'라고 불린다고 했다. 곰곰이 생각해 보니 우리나라 독립가들의 일생에서도 조금은 언급된 도시이기도 했다.

중앙시장에 고려인의 후손들이 아직도 장사하고 있다고 했다. 일제강점기 때 극동 러시아 지역에 있던 고려인들은 영문도 모른 채 중앙아시아 쪽으로 강제 이주를 당하게 되었다. 나라 잃은 설움은 어느 나라에서도 보호해 주지 않았다. 연해주의 극동 쪽에 있던 우리 민족은 영문도 모른 채 중앙아시아로 강제로 이주된 것이었다.

좁고 좁은 기차를 타고 몇 날 며칠을 달려 도착한 낯선 곳, 이곳 땅을 밟지도 못한 채 죽은 사람들도 헤아릴 수 없었다. 나라 없는 사람들의 현실을 딛고 다시 살아가고 있는 고려인들, 김치를 파는 코너에 여럿이 장사를 하고 있었고 말은 통하지 않지만, 괜히 미안하고 또 정이 갔다.

저녁 식사를 해야 하는데 러시아 문자도 모르고 참 답답할 때 정호 씨가 저쪽에서 또 어슬렁어슬렁 걸어온다. 자세히 보니 현지 고려인과도 닮은 것 같았다. 어느 나라에서도 현지인으로 오해받을 만한 외모였다. 물론 백인의 나라에서는 예외겠지만, 나는 아는체하며

"정호 씨 저녁 식사했어요?"

라며 말을 걸자

"아직 안 했는데 미진 씨는 했어요, 아직이면 같이 먹을까요?"

이 사람 생각보다는 센스가 있네! 라며

"뭐 그러죠, 그런데 무슨 요리를 먹어야 하는지 알 수가 있어야죠?"

정호 씨가 당당하게 앞장서기 시작했다.

들어가니 분위기가 식당이 아닌 맥줏집 분위기였다. 일단 자리에 앉자 메뉴판을 가져오고 다행히 영어 메뉴판도 있었다. 우리는 필스너 생맥주 500cc 두 잔과 스테이크 하나만 주문했다. 시원한 액체가 식도를 타고 넘어가자 시원함과 함께 알싸한 느낌이 들었다. 개인적인 질문 대신 이번 여행에 대한 이야기를 이어나갔다. 순식간에 한 잔을 비우자

"한 잔 더?"

라며 정호 씨가 묻는다.

나름 술은 자신 있는 나였기에

"콜."

우린 다시 새 잔을 받아 들고 잔을 부딪치고 새로운 마음으로 다

시 마시기 시작했다.

그는 전주에 살고 있다고 했다. 그다음 묻지도 않고 대답하지도 이야기도 하지 않았다. 한 잔씩 더 하고 나온 시간이 9시인데도 초저녁처럼 환한 느낌이 들었다. 이게 말로만 듣던 백야 현상인가.

강변으로 산책길이 있어서 우리는 산책하기로 했다. 바람은 선선하고 강물은 평화로웠다. 말없이 걷다가 나는 그의 팔에 취기인 듯 팔짱을 끼었다. 순전 취기를 빌려서였다. 그도 잠깐 놀라다가 나를 보더니 다시 천천히 걷기 시작했다. 1시간 동안 산책 후 숙소로 돌아왔다. 낯선 곳에서 술이라는 매개체가 그런 용기를 주었나 보다. 처음 감정은 분명 이런 편안함이었다.

다음 아침 약간의 숙취가 남아 있었다. 아침은 커피 한 잔으로 해장을 대신했다. 점심시간에는 바이칼 호수 옆에 있는 작은 시장에 그와 함께 가기로 했다. 바이칼 호수에서만 서식한다는 고유종 생선인 오물 생선을 먹기로 했다. 구운 생선 접시를 그가 가져왔고 맥주도 한 병을 주문했다. 생선은 크지 않았고 가시도 좀 있어서 먹기가 편하지는 않았지만, 몽골리아에서 육고기만 먹다가 오랜만의 물고기를 먹는 기회라 완벽하게 발라 먹었다. 옆 바이칼 호수의 파도가 밀려오면서 찰랑찰랑 소리를 내고 있었고 너무나 큰 호수여서 수평선마저 보였다. 바다인지 호수인지 내내 헷갈렸다.

바이칼 호수를 한민족의 혼이라고 불리기도 한다.

우리 대한민국 민족이 여기서 발생했다는 것이다.

여기에서 정착한 사람들이 몽골족이 되고 북쪽으로 이동해서 알래스카를 건너서 지금 아메리카로 간 인종이 바로 인디언이라고 불리는 그 지역의 원주민들이었다. 그리고 아시아 동북쪽으로 이동한 사람이 바로 우리 민족이고 바다를 건넌 사람들이 바로 일본인들이라는 설이 있다.

라틴 아메리카에서 혁명을 일으킨 체 게바라의 조국은 아르헨티나였다. 그는 아메리카 인디언에 대한 자부심과 애정이 상당히 있었다고 한다. 그가 그 인디언 그 발원지가 아시아라는 사실을 알고 실망했다는 설이 전해지고 있다. 순전 설일 뿐이었다.

난 한민족의 시원에 왔다는 사실에 조금은 흥분되었고 내 옆에 낯설지만 낯설게 느껴지지 않은 남자가 있다는 것 또한 흥분되었다.

'사랑이 다른 사랑으로 잊혀지네.'

하림의 노랫말처럼 다른 사랑이 온 것일까? 그러나 난 사랑을 믿지 않는다. 감정은 불변이 아닌 변해가는 거니까. 그래도 지금 여기에서의 감정에는 충실하기로 했다. 식사를 마치고 호수 주변을 천천히 걷기로 했다. 다시 그의 팔 안에 내 팔을 집어넣었다.

"정호 씨 우리 꼭 연인 같지 않아?"

그러자 그가

"그럼 남은 여행 동안 연인 해요."

그러면서 장난스럽게 웃는다. 웃는 모습이 귀엽게 보이는 걸 보니 진짜 사랑이라는 감정이 조금은 시작된 것 같았다.

헷갈리기 시작했다. 호숫가에 앉아 호숫물을 두 손으로 담아본다. 차가운 물의 감촉이 내 머리마저 맑게 한다. 그러나 가슴은 뜨거움이 점점 번져가고 있었다.

오후에는 바이칼 호수에 떠 있는 알혼섬으로 들어가기로 했다. 호수를 가르는 선상의 바람이 너무나 시원했다. 내 남은 인생도 꾸질꾸질이 아닌 시원했으면, 내 옆에는 그가 있었고 함께 바람을 맞고 사진도 찍었다.

아무도 나를 모른다는 익명성이 용기를 듬뿍 안겨주었다.

시절 인연이라 믿는다.

우리는 만날 사람이었고 이별은 아직 생각하지 않기로 했다. 숙소는 산장 형태였고 우리 일행은 저녁에 야외에서 모닥불 파티하기로 했다. 길잡이 데니스가 고기를 준비한다고 했고 나와 그가 함께 마실 술을 사러 동네 가게에 가기로 했다. 가게로 가는 길, 개들이 무리를 지어 다니고 있었다. 개들 표정이 사납고 눈이 매서웠다. 동물들은 사람들을 닮아간다고 믿고 있다. 그럼, 여기 사람들도 사나운 건가? 그건 알 수 없지만 여기서 살려면 혹독한 환경에서 생존해야 하기에 만만치 않은 삶을 살 수밖에 없겠다는 생각은 들었다.

겨울에는 바이칼 호수가 모두 얼어서 온통 얼음 호수가 된다고 했다. 가게에 들르니 추운 지역답게 술이 종류별로 진열되어 있었다.

일단 보드카 2병을 사고 맥주를 10병 샀다. 그런데 맥주 알코올 도수가 상상 이상이었다.

“정호 씨 우리 이거 마실 수 있을까?”

무려 25도짜리 맥주병을 들면서 내가 묻자

“당연하지, 술이 술을 마시니까 걱정 안 해도 돼요.”

날씨는 점점 어둑해지고 있고 우리는 여기서도 연인처럼 딱 붙어서 소소한 이야기를 하며 돌아왔다.

원형 탁자 가운데에서는 모닥불이 따뜻하게 피어오르고 있었다. 고기는 쇠꼬챙이에 끼워진 채 먹음직스럽게 서서히 익어가고 있었다. 어디서든 누군가 꼭 이런 사람이 있기 마련이었다. 각자 노래 한 곡씩 부르자는 것이었다.

누가 한국 사람이 아니랄까 봐 음주와 가무에 역시나 특화된 민족이었다. 술에 취하고 고기에 취하고 분위기에 취해 노래를 부르는데 요즘은 가사가 잘 외워지지 않고 또 취기는 기억력을 더욱더 감퇴시켰다.

나는 드라마 〈키스 먼저 할까요〉의 OST 곡인 ‘모든 날 모든 순간’을 나름 분위기 잡으며 불렀다. 옆에서 활짝 웃으면서 바라보는 그의 얼굴이 보였다. 그는 무슨 노래를 부를까 궁금했는데…. 그는 버스커버스커의 ‘여수 밤바다’를 부른다.

“너와 함께 걷고 싶다

이 바다를 너와 함께 걷고 싶어

이 거리를 너와 함께 걷고 싶다

이 바다를 너와 함께 걷고 싶어"

이 노래말이 나를 위한 것처럼 들렸다.

노래를 잘 부르지는 않았지만 담백하게 불렀다.

그렇게 밤은 점점 깊어가고 모두 흩어질 무렵 아쉽다고 비슷한 나이끼리 2차를 가기로 했다. 산장 옆에는 숙소에서 운영하는 카페가 2층에 있었고 우리는 부족한 알코올을 다시 맥주로 채우기 시작했다. 취기를 넘어 만취의 경계로 넘어가는 순간, 그가 1층에 있는 화장실로 향했다. 나도 따라 나갔다. 그리고 그를 불러 세웠다.

"정호 씨 잠깐만요."

그가 의아한 표정으로 나를 쳐다보는 순간 난 그의 입술에 나의 입술을 포개었다. 그는 순간 당황하더니 또 순순히 받아주었다. 우리는 격렬한 키스를 나눈 뒤 내가 먼저 올라가고 그가 잠시 후 올라왔다. 불그스레한 얼굴을 술이 감쪽같이 숨겨주었다. 또 우리는 둘만의 비밀이 생긴 것이다. 사랑한다는 건 둘만의 비밀을 공유한 수가 늘어난다는 의미일 것이다. 오랜만의 설렘, 아직도 설레는 마음이 남아 있다는 게 신기하고 묘한 기분에 휩싸이게 했다.

과음에도 불구하고 두 눈은 잠과 이별을 고한 뒤 말똥말똥했다. 키스의 여운이 남아 있는 듯 가슴이 더 뛰는 것처럼 느껴졌다.

'나잇값도 못 하고'라고 생각하다가도 '사랑에 무슨 나이가 상관있단 말인가…'라며 스스로 해답을 찾기도 했다.

그날 밤, 나는 용기를 내서 그의 방문을 두드렸다. 그도 기다렸다는 듯이 조용히 문을 열어주었고 우리는 서로의 몸을 탐닉했다. 이건 순전 술이라는 마약 때문이었다. 이건 순전 여행이라는 일회성 때문이었다. 아니다. 이건 순전 내가 사랑이라는 감정에 빠져들었다는 것이다. 얼마만의 남자의 몸인가. 우리는 갈구했고 서로를 탐했다.

그래도 이성이 조금은 남아 있었나 보다.

잠자고 있는 그를 두고 숙취에도 불구하고 바이칼 호수 너머에서 떠오를 아침 해를 보기 위해 새벽에 길을 나섰다. 동네 골목길을 지나 바이칼 호수가 한눈에 보이는 언덕에 올라갔다. 거기에는 나무 기둥이 여러 개 박혀 있었고 기둥에는 오방색 천들이 무수히 휘날리고 있었다. 샤머니즘의 흔적들이었다. 서서히 떠오르는 붉은 해를 바라보았다. 떠오르는 빛이 바다색을 점점 잠식하고 있다. 아니 바다가 아니다. 바이칼 호수 색을 점점 붉게 변화시키고 있었다. 모든 것들이 붉게, 붉게 물들어지는 느낌. 하나의 빛이 이 모든 세상의 색을 변화시킬 수 있다는 사실이 너무나 신기하고 신비로웠다.

나는 나만의 색이 있었을까?

아니 있었다고 해도 그 색을 드러낼 수 있었을까? 세상은 각자의 색을 숨기라고만 했었다. 그 색이 드러나는 순간 냉정한 현실의 벽에 대부분 부딪히고 만다. 그저 이 색이 되었다가 저 색이 되었다가 따라가는 삶, 생존의 방식이었다. 마침내 해가 완벽한 원의 형태를 드러내고야 만다.

나는 바이칼 호수의 기를 온몸으로 받았다는 뿌듯함을 안고 다시 숙소로 향했다. 골목길에서 아주 조그마한 개가 짖으며 나를 위협하기 시작했다.

'애 쪼그만 개가 까불고 있어.'

라며 다리로 걷어차는 흉내를 내니 후다닥 도망을 가고야 말았다.

그러면 그렇지, '내 무서움을 알긴 아는군…' 하고 다시 길을 나서는 길에 그 조그만 개가 더 큰 개를 데리고 다시 위협하기 시작했다. 순간 두려움이 생겼지만, 동물들의 본능을 나는 잘 알고 있었다. 강한 자에게 약하고 약한 자애에는 무자비하게 강하다.

바로 동물들에게는 약육강식이 바로 본능이다.

안다는 것과 그걸 실행한다는 것이 별개의 문제임을 알아가고 있을 때 정호 씨가 커다란 막대기를 들고 뛰어 올라오고 있었다.

"미진 씨 그냥 가만히 있어요."

라며 와서 막대기를 휘둘리며 두 마리의 개를 쫓아냈다.

순간 나는 울음이 터질뻔했다.

두려움을 숨기는 건 언제 어디서나 어려운 일이었다.

나도 모르게 정호 씨에게 안기고 말았다. 본능적인 행동일 뿐이었다고 생각했다. 정호 씨는 내 어깨를 가볍게 두드리면서

"괜찮아요, 다 끝났어요. 이제 집으로 돌아가요."

그 순간에도 '집이 아니라 숙소예요' 하고 말할뻔한 내가 우스우면서도

"정호 씨 고마워요, 정말로."

함께 손을 꼭 잡고 가면서

"정호 씨는 내 생명의 은인이에요."

라는 농담도 나왔다.

정호 씨는 피식 웃으며

"다음에는 혼자 나가지 말고 같이 나가요."

라고 말했고 나는 고개를 끄덕였다.

아침은 빵 한 조각과 커피 한 잔이었다.

따뜻한 커피가 들어가자 새벽의 긴장감이 풀리고 괜히 힘이 나는 듯한 느낌이 들었다. 여행은 평상시에 가지지 못하는 무모함과 용기를 주곤 한다. 뜨거운 햇살이 모든 대지에 내리고 난 여기까지 왔으니 바이칼 호수에서 반드시 수영해야 한다는 무모함을 다시 실행하기로 했다. 호수라고 믿기지 않을 만큼 모래 해변이 길게 뻗어 있었고 수많은 여행객이 수영하고 있었다. 손으로 호숫물은 만지자마자 느껴지는 그 차가움이란, 아니 저 사람들에게는 이 차디찬 느낌의 감각이 없다는 것인지 의심이 들었다. 그래도 나 미진이 '한다면 한다'라며 과감히 물에 뛰어들었다. 차가운 물의 감촉이 전신으로 스며드는 시간은 겨우 1초면 충분했다. 무모함은 다시 현실감으로 돌아오고 난 재빠르게 물 밖으로 나왔다.

한민족의 시원인 바이칼 호수에서 수영했다. 아니 물속에 잠깐 들어갔다가 맞겠다. 이 의미만으로도 충분하다고 생각했다.

산장에서 옷을 갈아입고 정호 씨와 모래 변을 따라 산책했다. 대놓고 연인처럼 행동하기로 마음먹었다. 손을 잡고 거니는데 집시 여인이 다가와서 샤머니즘 행동을 한다. 말이 통하지 않아 무슨 행

동인지는 모르겠지만 액운을 막아주는 행위가 아니었을까. 그리고 허브차를 두 잔 내어준다.

물론 공짜일 리는 없을 것이다.

정호 씨가 지폐를 꺼내 그 여인에게 주고 그 여인의 근엄한 표정은 자본주의의 힘에 금방 웃음으로 돌아왔다.

돈의 힘은 종교도 샤머니즘도 이기는 힘이 있었다. 다시 천천히 걸어가는데 여학생들이 클라이밍 연습을 하고 있었다. 낭떠러지 절벽에 오르는 그녀들의 진지한 표정과 강인한 체력에

"정호 씨 멋지지 않아요?"

"멋지네요, 즐기는 모습도 좋구요."

즐기는 모습, 난 내 삶에서 이런 모습을 보인 적이 있었던가? 그냥 살고 다니고 또 연애하고 결혼하고 이혼하고 산다는 것, 그 흐름에 그냥 따라 흘러가는 그런 삶을 살아간 게 아닐까?

"정호 씨는 삶을 즐기고 있어요?"

내 물음에 그는 담담히 대답한다.

"삶이라는 게 즐기고 있을 시간을 별로 안 줘요. 내가 사는 게 아닌 삶이 나를 그런 사람으로 살게 만드는 거 같아요."

그러면서 또 천천히 걷는다.

이 사람이 갑자기 궁금해졌다. 과거의 삶 궤적에 호기심이 점점 짙어진다. 점심은 동네 가게에서 간단하게 먹으면서 맥주 한잔을 곁들인다. 점점 여행에 적응이 되고 즐기고 있다는 느낌마저 들었다.

진정한 여행자 같은 느낌,

알혼섬에서의 이틀은 내 삶에서 각인될 만한 시간이었다. 평생 잊지 못할 장소와 시간으로 기억될 것이다. '이래서 사람들이 여행을 다니는 걸까…'라는 생각이 들었다.

다시 배를 타고 이르쿠츠크에 도착해서 하룻밤을 보내고 종착지가 블라디보스토크인 시베리아 횡단 열차를 타러 가야 했다. 시베리아 횡단 열차라는 말만 들어도 괜히 낭만 여행 같은 느낌이 드는 이유는 영화 〈닥터 지바고〉의 영향인지도 모르겠다. 불행한 결말이지만 가슴 저린 사랑 이야기의 배경에 이 열차는 등장한다. 그러나 실제 영화 배경지는 캐나다와 스페인이라고 하니 아이러니한 기분도 들었다. 이 사실을 알았을 때 그 실망감이란.

기차는 3등 칸으로 1층과 2층 침대로 되어 있었다. 아쉽게 나는 2층 침대로 조금 불편했다. 정호 씨는 어디에 있는지 확인하러 다녔다. 같은 객실 출입문 맨 앞 2층에 그의 자리가 있었다.

그는 몽골의 흙먼지 과다 흡입으로 잔기침하고 있어 걱정되었다. 걱정되는 사람이 있다는 게 그리 싫지 않은 상황이라니 사랑의 힘은 참 대단하다는 생각이 들었다. 여자 기차 승무원의 덩치는 내 3배를 훌쩍 넘기고도 남은 것 같았다. 러시아는 미녀가 많기로 알려진 나라이다. 처녀일 때 날씬한 몸매가 어느 순간 점점 둥글둥글해진다는 사실이 믿기지 않았다.

장기구간이라 간식이 나오는데 그 상표가 팔도 도시락 라면이었다. 이 한글 글자가 괜히 정겨웠고 자랑스러웠다. 처음에는 모든 게 경이로웠다. 몇 시간째 바이칼 호수가 기찻길 옆으로 계속 이어졌고 자작나무 숲이 시베리아의 숲길을 기차가 지나가고 있음을 확인해 주었다. 그러나 이런 풍광의 아름다움이 지루함으로 바뀌는 시간은 그리 오래 걸리지 않았다.

화장실 가는 길 중간에 자리를 잡고 술을 마시고 있는 건장한 러시아 사내들이 있었다. 이미 술이 올라왔는지 두 눈에는 빨갛게 충혈기가 있었고 내가 지나가려고 하니 장난으로 막으면서 술 한잔하라는 흉내를 낸다. 덩치가 곰 같다는 표현이 적확할 것이다. 그것도 3명씩이나 버티고 서 있으니 당연히 뒤로 물러나려는 순간, 뒤에서 인기척을 느끼고 그의 몸이 나의 몸에 와 닿자 놀라 돌아보니 정호 씨였다. 정호 씨는 세 남자에게 내가 대신 마실 테니 보내달라는 제스처를 하고 그들도 웃으면서 흔쾌히 허락했다. 그는 단박에 원샷하고 내 손을 잡고 화장실로 향했다. 화장실은 냄새가 나고 비위생적이었지만 여행에서 원하는 대로 할 수 없음을 알기에 최대한 숨을 들이켜고 참기로 했다. 다시 내 자리로 돌아가는 길에 그 남자들, 다시 한잔해야지 하며 버티고 서 있었다. 그는 말없이 가더니 한 잔 가득한 보드카를 입안으로 털어 넣는다. 그는 나와 함께 가면서

"나 술 좋아해요. 나름 세구요."

라며 내 자리를 안내 후 자기 자리로 돌아간다.

"저녁 먹고 기차 칸 사이에서 잠깐 볼까요?"

라는 나의 말에

"좋아요, 지금 남는 건 시간뿐이니까요!"

우리는 기차 칸에서도 서로의 애틋한 마음을 표현했다.

손을 꼭 잡고 아무도 오지 않을 때는 짧은 입맞춤도 하면서 기차의 시간을 보냈다. 시베리아 열차는 완행열차처럼 덜컹덜컹하면서 60시간 후 하바롭스크에 무사히 정차했다.

러시아, 구소련 공산국가라고만 알고 있었던 이곳이 유럽대륙에 포함된다는 사실을 또 간과하고 있었다. 물론 사람들이 생동감이 넘친다고는 할 수 없지만, 계획된 도시처럼 잘 정리된 도로와 건물에 놀란 건 사실이었다. 그리스 정교를 믿는 나라에 맞게 교회도 많이 존재하고 기도하는 사람들도 많았다. 종교를 부정한다는 공산주의는 구소련과 함께 해체됐음이 맞긴 맞는가 보다.

재래시장에서는 먹을 재료와 음식점이 있었고 꽃을 파는 가게도 줄지어 있었다. 정호 씨가 꽃 한 송이를 나에게 선물했다. 서로 팔짱을 끼고 연인처럼 시장 구경을 하다가 배가 고프면 밥을 먹고 아무르강이 보이는 카페에서 커피를 마셨다. 여기도 밤이 늦어도 엄청 어둡지는 않았다. 우리는 강변에 있는 공원을 산책하며 수시로 키스도 하고 두 손도 꼭 잡으면서 러시아에서 연인이 되었다.

푸시킨의 동상이 보였다.

그의 시 〈삶이 그대를 속일지라도〉는 아마 누구나 알고 있는 시 제목일 것이다. 부인에 대한 질투로 결투를 신청해 37세라는 젊은 나이로 세상을 떠난 러시아의 대문호 시인이면서 소설가이다. 삶이 우리를 속이는 게 아니라 우리가 삶에 속는 것인지도 모른다. 욕심과 집착으로 진실을 외면하고 유혹으로 빠져드는 것인지도 모른다. 나도 지금 여행과 연애라는 감정에 빠져 나를 속이는지도 모른다. 현실로 돌아오면 삶이라는 게 만만치 않음을 곧바로 깨닫게 될지도 모르지만 지금 여기에서는 현재 감정에만 따르기로 했다. 사랑의 농도는 시간의 길고 짧음과 관계가 없다고 믿기에 지금은 이 사람에게 충실하기로 했다.

다음 날은 트램을 타고 시내 구경을 하기로 한다. 오직 러시아로만 되어 있는 표기어로 어디로 가야 할지 알 수 없었다. 가만 삶의 언어도 혹시 러시아로 되어 있는 게 아닐까. 삶의 방향을 지금까지도 알 수 없으니 말이다. 일단 노면전차 노선을 보니 순환선이었다. 그럼 다시 이 제자리로 온다는 게 아닌가. 일단 노면전차를 타니 러시아 아줌마 매표원이 다가와서 승차표를 판매한다. 굉장히 가격이 싸다. 러시아어로 분명 어디 가냐고 물어봤을 것이다. 그는 손짓과 표정으로 다시 돌아올 것이라고 답을 했고 다행히 또 알아들었다. 몸짓의 언어는 세계 어디서나 통하는 만국의 공통어임에 틀림이 없었다. 한 시간 동안의 트램 여행을 무사히 마치고 다시 제자리로 돌아왔다.

시내에 돌아다니는 시내버스를 보고 순간 또 놀랐다. 우리나라 시내버스가 그대로 운영되고 있었다. 익숙한 목적지인 을지로, 상계동, 수유리 이런 동명들을 인쇄된 수많은 버스가 다니고 있는 것이었다. 너무나 이상하고 신기한 광경이었다.

구소련 체제는 자본주의 체제에 완패했고 결국 연방은 무너지고 수많은 나라가 독립되어 지금에 이르렀다. 인간의 본능이 인간의 통제를 무너뜨린 것이라고 생각이 들었다. 자본주의 근본인 돈의 소유욕이 공산주의라는 이상향보다 더 질기고 집요함을 인정하지 않을 수 없었다. 모든 체제는 그 체제의 문제점이 아닌 그걸 실행하는 인간들이 문제인 건 사실이다. 인간도 결국은 동물이고 생존을 위해 본능적으로 살 수밖에 없는 존재이기 때문이다. 자본주의도 결국은 종말을 고할 것이다. 자본주의를 유지하기 위해서는 계속 팽창해야만 한다. 발전과 개발이 병행되지 않으면 자본주의는 무너지게 되어 있기 때문이다.

이곳에서도 노인들은 향수에 젖어 있었다. 한때는 미국을 대적할 수 있었던 군사력과 과학력, 그리고 지구상에 가장 큰 영토를 가지고 있던 나라라는 자부심으로 살아가고 있었다. 과거를 벗어나지 못한 사람은, 개인도, 국가도 미래가 존재할 수 없다. 밤늦게 숙소로 돌아오는 길, 우리는 두 손을 깍지 끼며 밀착한 채 돌아온다. 한 시간 거리에 10분마다 키스하면서 천천히 걷는 연습을 한다. 이상한 건 둘 다 사랑한다는 말도 '날 사랑해?'라는 질문도 하지 않는다.

'정말 사랑했을까?'

노래 제목이 잠시 떠올랐다.

아 사랑의 감정은 시간의 길고 짧음과 관계가 없다면서도 서로 너무나 모르기에 찾아오는 두려움은 분명히 있는 것 같았다.

'혹시 여행이기에 가능한 사랑은 아니었을까…'라는 의심이 여행 후반으로 갈수록 올라오기 시작했다.

숙소 앞에서 오늘 밤 마지막 키스를 나누고 각자의 방으로 들어갔다. 그의 방에 찾아가고 싶었지만 어쩐 일인지 용기가 나지 않았다. 더욱더 섭섭한 건 그도 오라는 말을 하지 않는다는 사실이었다. 그는 나를 사랑하지 않는 걸까? 수많은 생각들이 스쳐 지나갔다. 알혼섬의 그날 밤은 순전 술의 마력이었던 것일까? 아쉬움과 간절함을 이 자리에 남겨둔 채 이틀간 하바롭스크 여행을 마치고 이번 여행의 종착지인 블라디보스토크로 향했다.

열차 여행도 완전히 익숙해지고 밤마다 그와의 짧은 데이트도 기대가 되지만 무언가 아쉬움이 남는 건 여전했다. 블라디보스토크는 '동양의 진주'라는 의미에서 알 수 있듯이 러시아가 동아시아 지역을 장악하고자 만들어진 항구도시였다. 일제강점기 때 독립운동가들의 주 활동무대이기도 했었다. 일제강점기 때 독립운동가들은 이념적으로 민족진영과 공산 진영으로 나누어져 있었다. 그때는 독립이 최우선이므로 이념은 큰 문제가 되지 않았다. 1945년 8 · 15 광복이 되고 삼팔선이라는 분단선이 남과 북을 나누면서 남한에서는 공산 진영의 독립운동가들은 같은 민족에게서 핍박받고 그 활동을 지금까지도 부정당하기에 이른다.

목숨을 내놓고 재산을 전부 다 내놓고 오직 대한민국 독립을 위해 온몸을 던졌던 결과가 빨갱이라는 딱지라니. 우리 역사는 아직도 과거를 청산하지 못하고 이념의 늪에서 허우적거리고 있다. 그 역할의 최 선봉장 역할을 한 사람이 바로 이승만이라고 생각하고 있다. 하와

이에서도 자신의 안위와 명예를 위해 이민해 온 민족을 분열시키고 해방 후에도 대통령이라는 직위에 욕심이 멀어 친일파와 손잡고 이념 공격을 하기 시작했었다. 그때 친일 청산을 하지 못한 채 지금까지 이어오고 있다. 앗, 내가 역사학자도 아닌데 블라디보스토크라는 곳에 오니 독립운동가 후손이 된 듯한 착각에 빠졌나 보다.

블라디보스토크역에서 내리는 기분은 다른 역하고는 역시나 기분이 달랐다. 비장미가 있다고 해야 할까. 단지 계속 맑았던 날씨가 다시 초겨울로 돌아간 듯 비와 함께 바람이 세차게 불고 있었다. 역사의 중심도시는 이렇게 호락호락하게 나를 반겨주지 않는다. 날씨가 우울하니 마음마저 우울해진다. 사람이라는 존재가 이렇게 간사하다. 그때 정호 씨가 나에게 이렇게 제안했다.

"미진 씨 여행 마무리 파티 해요. 둘이."

그를 빤히 바라보며

"어떻게요."

라고 묻자

"여기가 킹크랩이 싸고 유명하다고 하네요, 와인에 한잔해요."

킹크랩, 그거 비싼 거 아닌가 생각하면서 그냥 그를 따라가기로 했다. 그는 킹크랩 사진이 있는 식당으로 들어가더니 두 자리 테이블을 안내받았다. 킹크랩이라, 솔직히 언제 먹어보았는지 기억도 나지 않는 음식이었다. 한국에서는 고급 음식으로 가격이 너무 비싸서 개인적으로는 사 먹어 본 적이 없었고 병원 단체 회식 때 과장이 큰마음 먹고 맛만 보게 해주었을 때였다. 그때 감칠맛 나는 양에 아쉬움이 있었던 기억이 새록새록 생각났다. 지금은 단둘이서 커다랗고 통통하고 살이 꽉 찬 킹크랩을 먹는 것이다. 그리고 이탈리아 와인까지 마시니 괜히 멜로 드라마의 여주인공이 된 듯한 착각에 빠졌다. 분위기는 모든 걸 바꿔 놓는다. 취기가 조금씩 올라오자 지금까지 금기시되었던 사생활에 대한 궁금증이 스멀스멀 올라오기 시작했다.

"정호 씨는 무슨 일 해요?"

라는 내 갑작스러운 질문에 나를 조용히 응시하더니

"화장지 제조하는 중소 회사에 다녀요. 총무부장이라는 직함이 있고요."

전북 김제에 있는 중소기업으로 화장지를 만들어 관내 공기업에 대부분 납품하고 가끔은 대형마트에서도 판매한다고 했다. 건실한 회사였으나 원재료의 영향을 많이 받아서 그 가격에 따라 경영 성과가 나타난다고 했다. 그리고 가끔 종이 원재료를 직접 수입하고자 인도네시아도 출장 간다고 했다. 수출업체의 안내로 인도네시아 관광도 하는데 브로모 활화산을 보면서 자연의 경이로움과 위대함을 실감했다고 했다. 화산구에서 살아 솟아오르는 연기와 그 끝에 있는 용암들은 지구라는 행성이 살아 있다는 확신해 주었다고 했다. 그가 이 업체를 선택한 또 다른 이유는 그 지역의 장애인들에게도 취업 문을 열어주기 때문이라고 했다.

착한기업이라는 자부심이 묻어났다.

"장애인 문제에 관심이 많은가 봐요?"

"네 사촌 형이 지적 장애인인데 온 가족들이 다 힘들어요. 안쓰럽다가도 내 형이 아니어서 다행이라는 이기적인 생각도 들고."

쓸쓸한 표정으로

"나 참 못됐죠?"

"아니에요, 바라보는 것과 실제 현실은 다른 문제이니까요!"

상대를 조금씩 알아간다는 게 즐거울 수 있다는 걸 알았다. 관계의 어려움으로 최소한의 인간관계만 유지하는 게 내 삶의 모토였다. 커다란 킹크랩도 이젠 갑각류의 본 모습만 남아가고 있었고 와인병도 거의 다 비워가고 있었다. 배도 부르고 마음마저 부르는 그런 자리, 이 사람과 진지하게 연애를 계속해 볼까 하는 감정마저 부르는 시간이었다.

우리는 식당을 나와 블라디보스토크 밤거리를 산책했다.

바닷가로 쭈욱 이어지는 길은 바닷바람이 차가워서 본능적으로 서로에게 더 밀착할 수밖에 없었다. 몸의 밀착은 마음의 밀착으로 이어진다. 가끔 멈춰서서 진한 키스를 하고 서로 입술에 남은 와인 맛과 향을 음미했다. 3주의 여행 기간은 한여름 밤의 꿈처럼 순식간에 지나가 버렸다.

몽골의 푸른 초원을 달렸고 밤하늘의 수많은 별을 눈에 담았다. 바이칼 호수의 짙은 코발트색에 반했고 독하고 독한 보드카를 입안에 털어 넣었다. 그리고 무디어진 가슴에 그를 만나 열정이라는 불꽃이 일었으며 따뜻함을 얻었다.

생각지도 못한 일들의 연속이었다.

블라디보스토크에서 동해로 가는 페리에 몸을 싣는다.

그 사이에는 북한이라는 땅이 자리 잡고 있었다. 비록 기차를 타고 함흥과 원산을 거쳐 내려오지는 못하지만, 배를 타고 내려온다는 그것만으로도 충분히 흥분되는 일이었다. 북한 땅은 비록 보이지 않지만, 간판에 앉아 매점에서 사 온 맥주 캔을 그와 함께 마셨다.

동해보다 더 동해에서 서서히 아침 해가 찬란하게 떠오르고 있었다. 수평선 너머에서 불쑥 떠오르는 아침 해는 바로 대한민국 동해를 비춰주는 해였다. 동해항에 무사히 도착했다. 나는 그와 함께 횟집으로 향했다. 싱싱한 회와 칼칼한 매운탕, 거기에 소주 한잔을 곁들인다. 이번 여행 마지막 식사가 될 것이고 나는 또 삶의 현장으로 들어가야 한다. 여행에서의 인연은 계속 이어지기는 쉽지 않다는 걸 그도, 나도 알지만, 미래에 대해서는 서로 이야기하지 않는다.

그렇게 점심 식사를 끝나고 그에게

"안녕 정호 씨, 건강해요."

라고 마지막 말은 건넸다.

그가 나에게

"혹시 강릉 가지 않을래요. 커피 골목에서 커피도 마시구요."

나는 그냥 헤어지기가 너무나 아쉬웠지만, 표현도 못 하고 있었는데 그의 말에 난 고개를 살짝 끄덕였다.

"어떻게 가야 해요?"

그는

"쏘카를 이용해서 우리 가요."

우리는 동해의 시원한 바닷바람을 맞으며 강릉으로 향했다. 송정 해수욕장에 도착해서 두 손을 꼭 잡으면서 소나무 숲을 걷고 포옹도 하고 키스도 하면서 커피 거리에 도착했다. 유명하다는 커피 카페를 찾아 주문했다. 세상에서 가장 향기로운 커피 향이 퍼지고 있었고 가장 맛있는 커피 맛이었다. 누군가와 함께 있느냐에 따라 맛과 분위기가 달라진다. 동해의 검푸른 성난 파도를 보면서 그가 나지막하게 물었다.

"미진 씨도 취업해야겠죠? 다시 일상 속으로, 그래야겠지요?"

아무 계획 없이 떠난 여행에서 삶에서 진하게 남을 추억을 얻었다.

"해야죠, 먹고살려고 일을 한다는 게 좀 그렇지만. 정호 씨는 계속 그 회사에 다닐 거예요?"

"생각 중이에요, 가족회사인데 사장이 재혼하면서 조금은 시끄러워서요."

쓸쓸한 웃음과 함께

"참 먹고살기 만만치 않아요."

라며 말없이 커피를 마신다.

산다는 게 커피 맛처럼 쓰고 시고 단맛이 나지만 단맛은 쉽게 보여주지 않는다.

행복함이란 불행하지 않고 평범하게 하루하루 살아가는 것인지도 모르겠다.

더욱더 올라가 보기로 했다. 주문진항 수상시장에 들르자 싱싱한 오징어들이 물을 뿜으며 자기들의 시절임을 과시하고 있었다. 과시

다음의 결과는 불행하게도 우리 횟감으로의 전락이었다. 오징어회 한 접시와 소주 각 1병을 마셨다. 시끄러운 시장 소리에 우리의 대화도 가끔은 묻히기도 한다.

숙소는 근처 민박집으로 정했다.

처음 제주 여행 때 여행비를 아끼느라 민박집에서 숙박한 기억이 떠올랐다. 민박집 주인과 함께 생활하고 같이 씻고 화장실도 공용으로 이용했었던 그 풋풋한 시절, 그러나 지금 민박집은 그때와 전혀 달라 있었다. 주인은 당연히 거주하지 않았고 시골집을 깔끔하게 리모델링해서 호텔이나 모텔보다 더 낭만이 있어 보였다. 편의점에서 맥주 캔을 사 와서 이야기를 계속하기로 했다. 그는 내 과거를 궁금해하고 나는 그 과거를 궁금해한다. 여행에서 서로 금지되었던 화제가 주제가 되었다. 이게 여행과 현실의 괴리감인가.

그는 어머니와 두 살 터울의 형이 있는 집안이었다.

형은 지적 장애인이었다고 했다. 책임감이라고는 전혀 없는 아버지는 가정을 버리고 나간 후 더 이상 나타나지 않았다고 했다. 전에 나에게 말했던 사촌 형이 지적 장애인이라는 건 사실이 아니고 친형이 장애인이었다고, 그때 거짓말해서 미안하다고 했다. 그 당시에는 지적 장애인에 대한 정보가 부족했다고. 지금 같으면 자폐아라고 정의할 수 있었을 거라고 했다. 가난한 가정에 장애인이 있다는 건 계속 가난할 수밖에 없었고 형이 점점 크면 클수록 어머니의 지극정성과 다르게 감당하기 어려울 만큼 형편도 또 제어하기도 힘들게 되었다고 했다. 형은 점점 운동 부족으로 건강이 나빠지면서 22

살에 심장질환으로 죽었다고 했다. 어머니는 세상을 다 잃은 듯 슬펐했지만, 본인은 슬픈 건지 어떤 감정인지 잘 알 수 없었다고 했다. 그때 이미 모든 감정을 잃어버린 것 같았다고 했다. 물론 그 후 연애도 해보았지만 이게 연애인지 아닌지 스스로도 헷갈렸다고 했다.

지방대를 졸업 후 수건 만드는 공장에서 총무과로 일했고 수건을 만드는 데 사용되는 그 독한 약품에 지쳐갈 때 지금 직장으로 이직했다고 담담하게 말을 했다. 나도 평범한 가정에 태어났고 평범한 생활을 했다고만 말을 하고 결혼한 적이 있다는 사실은 그냥 비밀로 하기로 했다. 마지막까지 나는 그를 속인 것이다.

그날 밤 그의 섹스는 역시나 서툴렀다. 바이칼 호수에서의 섹스는 둘 다 분위기와 술에 취하고 낯선 나라라는 낭만이 기억을 왜곡시켰는지도 모르겠다. 그는 경험이 많지 않은 듯했다. 그래서 내가 리드하기로 했다. 물론 내가 섹스를 잘한다는 의미는 분명 아니다. 곰곰이 생각해 보니 여행하는 동안에도 애정 표현을 내가 더 적극적이었음을 인정하기로 했다. 그는 아침에 쑥스러워하는 모습이 역력했다.

난 백담사에 가고 싶다고 했다. 과거 군사 쿠데타를 일으켰던 전두환 씨가 그곳에서 잠시 머물렀던 곳으로 나는 알고 있었고 괜히 그곳이 궁금했다. 백담사 가는 길은 주차장에서 셔틀버스가 계곡을 따라 올라갔다. 걸어서 가는 다리 밑 냇가에는 각자의 사람들이 쌓아놓은 돌탑들이 무더기로 남아 있었다.

"정호 씨 우리도 돌탑 쌓아요."

그는 내 손을 잡고 내려가 돌탑 쌓기에 좋은 평평한 돌을 나에게 전해 주었다. 5층 돌탑이 완성되었다.

"미진 씨 무슨 소원 빌었어요?"

"행복한 하루하루가 좀 더 많기를 바랐어요. 정호 씨는요?"

"돌탑이 무너지지 않기를 소원했죠."

그의 엉뚱하고 현실적인 소원에 나는 웃음을 터트렸다.

백담사는 그 악랄한 사람의 이미지와는 달리 평온한 사찰이었다. 대웅전에 가서 부처님께 절을 하고 내려와 식당에서 파전과 동동주를 마셨다. 커피 한잔으로 술을 좀 깨고 강릉으로 다시 돌아왔다. 계속 이런 생활을 할 수 있으면 좋겠지만 그와 나는 알고 있었다. 우리 둘은 여유로운 사람들이 아니라는 사실을, 그 현실을 너무나 확연하게 인식하고 있었다.

버스터미널 부근에서 쏘카를 반납하고 긴 포옹을 마지막으로 난 대구로 향하고 그는 서울을 경유해서 전주로 내려간다고 했다. 공유한 시간의 마지막 마감 시간이었다. 우리는 다시 만날 수 있을까. 우리도 그 누구도 모른다. 지금까지는 서로에게 감정이 남아 있음을 확인한 것으로 만족했다.

다시 삶의 무게 속으로 어쩔 수 없이 들어가기 위해 스스로 몸부림치고 있었다. 가볍게 해야 함을 알면서도 현실의 무게는 점점 무겁게 느껴진다.

돈이 편리한 도구라지만 그건 있는 자에게 어울리는 표현이고 나에게 편함보다 두려운 도구로 인식되고 있었다. 돈이 없으면 어떤 것도 할 수 없고 비참한 현실을 맞닥뜨리게 되어 있었다. 돈 많은 게 부러운 게 아니라 돈 없는 게 무서운 것이었다.

한 달 동안 열심히 이력서를 내고 구직활동을 한 결과 대구에 있는 종합병원에 취업하여 다음 주부터 다시 숨이 막히는 직장생활로 돌아가야만 했다. 이건 선택이 아닌 살기 위해서 해야 할 의무이기도 했다.

그에게서는 매일 두세 번 카톡으로 연락이 오지만 감정의 농도는 애매했다. 나는 아직 그와의 관계에 관해 결정을 내리지 못했고 그도 역시나 그런 느낌이 들었다. 여행 동안 불타올랐던 열정은 익숙한 공간과 익숙한 생활로 돌아오자마자 점점 사그라지고 있었다. 낯섦에서 오는 긴장감과 묘한 설렘 대신 현실이라는 자각이 모든 것들을 제자리에 돌아오게 한 것 같기도 했다. 그에게서 또 카톡이 온다. 그에게 취업에 성공해서 다음 주부터 출근한다는 소식을 전했다.

"이번 주말에 혹시 내가 대구로 가도 될까요?"

난 그 카톡 대화를 한참 동안 쳐다보았다. 그리고 이에 대한 답을 어떻게 보낼까 하는 상당 시간 고민에 빠졌다. 이 시간의 길이만큼 이미 그에 대한 열정이 사라졌는지도 모르겠다.

우리나라 드라마에서는 언제나 신데렐라들이 주인공으로 나온다. 가난하고 불행하지만 씩씩함과 긍정의 힘으로 그녀들은 삶을 이겨낸다. 그러다가 우연히 만난 재벌집 아들과 처음에는 악연으로 시작되어 인연으로 이어지고 사랑으로까지 발전하고 모든 어려움과 고난을 이겨내고 사랑의 결실을 본다는 뻔한 스토리들, 드라마는 해피엔딩에서 끝나지만 그 이후 삶에 대해서는 드라마는 이어지지 않는다. 과연 그들은 끝까지 행복했을까? 현실에서는 불가능한 설정이고 이런 스토리 전개는 환상에 불과하다.

그리고 난 사랑의 감정이 영원함을 믿지 않는다. 그 순간은 진실이었다고 해도, 상처를 주고 또 받는 건 사랑하기 때문이라는, 그런 상투적인 말을 믿지 않는다.

가끔은 미완성된 감정이 더 나을 수도 있다고 생각한다.

삶도, 사랑도 결국은 완성이라는 단어와 어울리지 않는다.

이단자

프롤로그

이단자

점령군처럼 자욱한 안개가 온 도시를 감싸고 있었다.

습기를 잔뜩 머금은 공기는 모든 생물과 사물들의 무게를 더욱더 무겁게 만들고 있었다. 공기의 무거움은 몸의 무거움으로 그리고 마음으로도 전이가 된다.

우리가 살아가고 있는 행성인 지구는 하루하루 다르게 표면 온도가 점점 더 데워져 가고 있었다. 지구상에 가장 늦게 출현한 포유류인 인간은 '호모 사피엔스'라 스스로 명명하면서 지구가 자기만의 별인 양 모든 생태계를 교란하면서 망가뜨리고 있었다. 지구 대멸절이 다시 한번 일어난다면 이건 순전 호모 사피엔스 때문일 것이다. 지구 온난화의 가장 큰 책임이 바로 우리 인간들이다. 그런데 반성은커녕 자본주의의 탐욕에 눈이 멀어 자연을 더 파괴하고 자원을 낭비하면서 끔찍한 자연재해를 어쩔 수 없는 천재지변으로 몰아가고 있었다. 인재를 결코 인정하지 못하는 오만한 존재이다.

이것만으로도 부족해서 인종과 종교가 다르다는 그 이유 하나만으로 서로를 죽이고 증오하고 있었다. '전쟁'이라는 단어는 이제 교과서에서만 있는 죽은 단어인 줄 알고 있었는데 지구촌 곳곳에서 사람이 사람을 죽이는 야만적인 행위들이 지금도 이어지고 있다는 사실이 믿기지 않았다.

기온이 올라가자 공기는 더 정체되어 가고 있었고 그에 따라 미세먼지는 옴짝달싹하지 않고 머무르며 시야를 방해하고 있었다. 근대 산업혁명의 부작용으로 탄생했었던 '런던포그'라는 고유명사는 이제 '미세먼지'라는 보통명사로 개명해서 세계적으로 통용되고 있었다. 부작용의 결론은 연쇄 작용의 이어짐이다.

장마철이라고 하기에도 너무나 잦고 갑자기 폭우가 쏟아붓는 올해 6월이다. 한반도는 사계절이 뚜렷한 날씨에서 여름과 겨울만 존재하는 나라로 급속도로 빠르게 이동하고 있었다. 여름 날씨는 점점 뜨거워지고 폭우가 갑자기 쏟아지는 날이 잦아졌다. 겨울은 매서운 추위와 폭설이 내리는 날의 연속이었다. 제5의 계절이라는 장마는 기상예보를 비웃듯이 강렬한 햇빛만 비추다가 한꺼번에 엄청난 양의 비를 쏟아부었다. 비가 그친 날에도 대지를 흠뻑 적신 모든 수분을 거두어들이지 못한 채 짙은 안개들이 피어오르고 있었다.

이 모든 배경이 어두운 사건을 일으키는 원인일지도 모르겠다. 모든 일에는 반드시 전조증상이 일어나기 마련이기 때문이다.

1

어둠의 서막

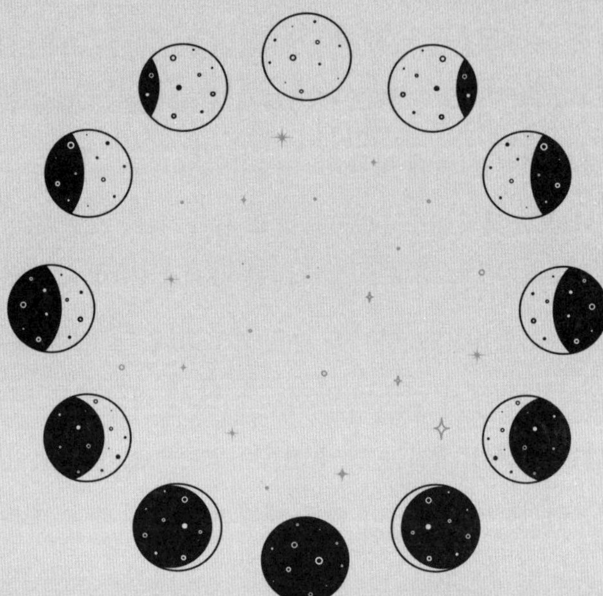

현이

“어제 뉴스 봤어?”

현이는 지우에게 물었다.

“어 봤지, 너무너무 무서워.”

둘은 어제 발생한 살인사건 이야기를 하고 있었다.

6월 한 달 새 벌써 세 번째 사건이었다. 처음 살인사건이 발생했을 때 시체에서 발견된 독특한 표식으로 주목받았었다. 세 번째 사건까지 피해자들에게 공통으로 발견되면서 현이는 더욱더 두려움을 느끼게 되었다.

‘사람이 사람을 죽인다’라는 가장 끔찍한 짓을 하는 사람은 과연 어떤 사람일까?

혹시 사람이 아닌 악마가 한 짓이 아닐까.

시체에서 발견된 끔찍한 흔적을 보면 악마의 재림이라고 해도 믿어졌다.

피해자들은 모두 이민자 가족들이었고 무슬림들이었다.

현이도 그들과 같이 이민 2세였고 무슬림이었다. 현이는 엄마와 함께 이민자를 위한 공공 임대주택에 살고 있었다.

인도네시아에서 한국 의류 공장장이었던 남편을 만나 결혼한 엄마는 지금 마트에서 일하고 있었다. 아빠는 의류 공장이 경제불황으로 인하여 갑자기 망하자 이민정책에 대해 변화를 보이기 시작한 한국에 들어왔다. 그는 안정적인 직장을 구하려고 사방팔방 노력했으나 현실은 냉혹했고 결국 일용근로자로 새벽에 일을 나가야만 했다. 아빠의 마지막은 건설 공사장에서 일일 노동자로 일하다가 추락 사고로 영원한 이별을 하고야 말았다. 그때 현이 나이는 겨우 열 살이었다.

출산율 감소로 개방적인 이민정책이 시행된 지 5년째 접어들고 있지만 여전히 이민자에 대한 차별과 반감은 사라지지 않고 있었다. 인종과 종교에 대한 차별을 받으면서도 한국으로 이민을 온 이유는 순전히 더 잘 살 수 있다는 희망 때문이었다.

자본의 힘은 모든 것들을 점점 압도하고 있었다. 사람의 본능에 가장 적합한 물질이 바로 돈이라고 생각한다. 그러나 이민자의 직업은 대부분 3D 업종에 집중되어 있었고 정책과 현실의 괴리가 상당한 상태였다. 그 업종에 취업하지 않으려는 원주민들도 이민자들이 자기 직업을 빼앗고 있다는 묘한 프레임을 만들고 있었다.

이런 프레임으로 정치를 하고 종교를 확장하는 사람들이 갈등을 더욱더 부추겼다. 혐오의 정치와 종교가 이제는 우리나라의 한 부류로 자리 잡아가고 있었다.

자기 나라의 필요에 따라 이민정책을 펼치고 있었지만, 보이지 않는 차별과 적대심은 그 어느 때보다 부푼 풍선처럼 팽창한 느낌이 들었다. 그 누구라도 미세한 작은 바늘로 가볍게 건들기만 해도 터트려질 것 같은 그러한 위태로운 상황이었다.

세계 곳곳에서는 이민정책을 반대하고 국수주의로 회귀하려는 극우주의가 판치고 있었고 그들에게 테러당하는 이민자들의 소식이 매일매일 들려오고 있었다. 드디어 한국에서도 억눌려 있던 그 상황들의 둑에 균열이 생기기 시작한 것이다. 한국도 극우주의자들의 수가 기하급수적으로 늘어났고 그들은 노골적으로 이민자들을 비난했고 무슬림들은 무시했다.

현이는 편의점 저녁 알바를 하고 있어 5시에 길을 나서는 길, 점점 두려움은 커갔지만 이건 선택이 아닌 가족 생계 문제였다.

"엄마, 나 갔다 올게."

현이는 오늘도 씩씩한 목소리로 길을 나선다.

"그래."

엄마는 돌아오는 밤길 조심하라는 말이 입안에 맴돌았으나 결국은 참기로 했다. 나조차 지금 현실이 무서운데 딸 현이는 또 얼마나 두려울까, 괜한 말로 불안감을 느끼게 하기 싫었다. 현이의 오감은 최고조로 예민해질 수밖에 없었다.

출근 시간이 어둡지는 않지만, 당분간 별일 없으면 남자친구인 정민과 함께하기로 했다.

“정민아, 누가 이런 끔찍한 짓을 하는 걸까?”

“글쎄, 제정신이 아닌 사이코겠지.”

걸으면서도, 무서우면서도 대화 화제는 최근 일어난 살인사건이었다.

“난 왠지 이민자를 증오하는 어떤 조직이 꾸미는 것 같아, 모든 피해자가 이민 2세이고 무슬림이잖아.”

“나도 의심은 돼, 경찰이 특별수사본부를 만들었다고 하니 금방 잡히지 않을까?”

정민은 현이와 같은 대학에 다니고 있다. 그는 기독교인이지만 무슬림에 대한 편견이 없는 친구였다.

기독교와 이슬람 종교의 뿌리는 같다고 할 수 있다. 그 뿌리가 자라면서 다른 가지를 가지게 되었는데 그 가지를 서로 없애려고 하고 있다. 과연 이런 상황이라면 종교가 필요하긴 하는 걸까?

현이의 뇌는 살인을 한 자는 누구일까? 하는 생각이 계속 떠나지 않았다. 그리고 경찰도 만약 이민자가 아닌 원주민들이 피해자였어도 이렇게 미온적으로 수사를 하고 있을까. 라는 생각까지 미쳤다. 공권력도 차별하고 있다는 생각이 강하게 들었다. 언론도 이 커다란 사건을 축소하고 있다는 느낌마저 들었다.

이민자는 이민자라는 이름표를 평생 안고 살아야 할 운명인지, 언제 변한 세상이 될지 전혀 예상할 수 없었다.

나광기 목사

교회의 열기는 굉장했다.

나광기 목사의 설교는 흡입력이 충만했고 목소리마저 자신에 가득 차 있었다. 그는 설교에서 특히 강조한 것은 우리나라는 단일민족으로 이루어진 기독교의 나라라는 것이었다.

"이방인이 우리나라를 어지럽히고 있습니다. 순수한 우리 민족의 피를 탁하게 하고 있습니다. 무슬림은 종교를 타락시키고 그들이 우리 직업을 빼앗고 이슬람 국가를 꿈꾸고 있습니다. 주 그리스도의 이름으로 그들을 용서할 수 없으며 반드시 처단할 것입니다. 순수한 그리스도 나라를 만들어야 합니다. 우리 모두 주 그리스도 나라를 위해 기도합시다. 아멘!"

그의 설교는 곧 법이었고 성경 그 자체며 힘의 상징이었다.

그는 어느덧 종교적으로도, 정치적으로도 보수우파의 중심이 되어 있었다. 보수우파를 넘어 극우의 상징이 되어 있었다. 그는 분열과 갈등의 조장만이 바로 그가 가야 할 길이고 자기를 가장 영향력 있는 사람으로 만들어 줄 것을 알고 있었다.

종교 분열, 진영 분열, 인종 분열이야말로 사라지지 않는 갈등의 힘임을 알고 있었다. 이민 개방정책에 대한 불만은 날로 커져만 갔고 무슬림들이 대거 이민해 오는 것에 대해 불안함과 분노는 점점 퍼져가고 있는 지금이 그에게는 커다란 기회의 시대라는 걸 직감적으로 느꼈다. 악한 영향력이 선한 영향력보다 훨씬 파급력이 크며 사람들을 자극시킨다는 사실을 삶의 경험으로 그는 충분히 알고 있었다.

그는 비밀 조직을 운영하기에 충분한 자본과 사람들이 넘쳐나고 있었다. 순수 그리스도 나라를 세우겠다는 그의 신념은 기독 종교인뿐만 아니라 정치인과 보수를 지지하는 사람들이 나라 곳곳에서 지원하고 있었고 그는 올해 드디어 이 꿈을 실행하는 원년으로 정하게 되었다. 그에게 있어 이민자와 무슬림의 생명은 그의 신념에 대한 하나의 제물에 불과했다.

막심 교수

대학에서 종교학을 강의하고 있는 막심 교수는 처음 살인사건이 발생했을 때만 해도 그리 주목하지 않았었다. 연이어 사건이 일어나고 그 피해자들이 모두 무슬림이라는 사실이 밝혀지자 그는 의도된 살인사건임을 직감했다.

피해자의 신체에 커다란 십자가 표식이 있었다는 보도는 충격적이었고 누군가에게 경고의 신호를 일부러 보이기 위한 행위라는 의심이 들었다.

지금 대한민국도 점점 극우화되어 가고 있었다. 이민 개방정책은 극우자들의 강한 저항을 받고 있었다. 점점 인구가 감소하고 있는 우리나라에서 선택할 수 있는 어쩔 수 없는 정책임에도 불구하고 그들은 이민자들을 무조건 혐오하고 차별하였다. 이 사건에 분명 극우단체나 극우를 신봉하는 사람이 연관되어 있을 것이라는 확신이 들었다.

그의 할아버지는 6.25 한국전쟁 때 파병을 온 터키군 중 한 명이었다. 동쪽 아시아에 있는 작은 나라인 한국을 할아버지는 전혀 알지 못했다. 그때는 튀르키예 정치와 경제 사정으로 어쩔 수 없이 이 나라에 지원 오게 되었지만, 할아버지와 그의 전우들은 이 나라의 매력에 완전히 빠지게 되었고 사랑하게 되었다.

전쟁고아를 돕기 위해 보육원을 설립하고 아이들을 전쟁통 속에서도 끊임없이 보살폈다. 전쟁이 휴전으로 끝나자 다시 튀르키예로 돌아왔지만, 할아버지는 아버지가 어렸을 때 한국 이야기를 자주 들려주었다. 아버지는 한국을 한 번도 방문한 적이 없었지만 이미 친근한 나라가 되어 있었다. 이 두 나라는 피를 함께 나눈 나라라는 의미로 서로 "형제의 나라"로 불리게 되었다.

2002년 대한민국 월드컵이 열렸던 해에 막심은 유학생 신분이었다. 그때 월드컵 3, 4위 결정전이 열렸을 때 그 감동은 그가 한국에 남아 한국인으로 살게 된 커다란 계기가 되었다. 승부를 떠나 서로 껴안고 축하해 주는 선수들을 보면서 한국과 튀르키예는 피를 나눈 형제의 나라임을 확실하게 믿게 되었다. 그리고 한국을 열렬하게 사랑하게 되었다. 그런 그도 튀르키예 이민자로서의 차별을 감내하면서 성장했다.

이민 개방정책으로 이런 차별이 줄어들 것으로 생각했지만 그건 순전 착각이었다. 너무나 뿌리 깊게 자리 잡은 인종에 대한 혐오와 무슬림에 대한 편견은 쉽게 무너지지 않았다. 그는 이런 차별을 없애기 위해 노력해 왔고 이민자들의 인권을 위해서 앞장을 서고 있는 사람이었다.

지금은 대한민국 이민자들의 지도자 역할을 하고 있었다.

박 형사

사람의 시체가 발견됐다는 신고를 받고 곧바로 현장으로 간 박 형사는 너무나 끔찍한 시신 모습에 얼굴을 찌푸릴 수밖에 없었다.

이달에 벌써 세 번째 살인사건이다. 몸 전체에 십자가 표식이 너무나 뚜렷하여 공포영화의 한 장면처럼 오싹한 느낌마저 들었다. 이민자와 무슬림들에게만 가해지고 있는 이 연쇄살인이 쉽게 멈추지 않을 것 같다는 불길함마저 찾아왔다. 엽기적인 사건에 모든 언론은 연일 뉴스를 쏟아내고 경찰의 무능함에 대해 비판하는 글들이 쏟아지고 있었다.

시체가 발견된 곳은 영산천 갈대밭 숲속이었다. 국과수에서는 부패 상태로 보아 살해된 지 일주일 정도로 보이지만 부검해 봐야 정확한 시기를 알 수 있다고 했다. 이곳에서 살해했는지 아니면 천을 따라 내려왔는지는 아직 알 수가 없지만, 6월 장마로 최근에 많은 양의 비가 자주 내려서 수사를 더욱더 어렵게 했다.

아침에 천변 산책로에서 반려견과 산책을 하던 이곳 주민에게 발견되었다고 했다. 갈대밭 숲 사이로 언뜻 보이는 형체에 호기심으로 가까이 다가가 시체를 발견한 그 목격자는 너무나 놀라서 지금도 제대로 그 상황을 설명하지 못하고 있었다.

피해자의 신분은 인도네시아 이민 2세 직장 여성으로 밝혀졌다. 영산시는 중소기업 공장의 밀집 지역으로 이민자들의 수가 특히 많은 도시였다. 이 도시는 여러 나라에서 온 이민자들이 혼재되어 있었고 치안이 다른 도시에 비하여 열악한 곳이었다. 가끔은 이민자들끼리 패싸움도 자주 일어나는 곳으로 대한민국의 이민자 도시라 불리었다.

이 도시는 살인자가 범행을 실행하기에 가장 완벽한 장소였다. 시체가 발견된 영산천을 역으로 해서 모든 CCTV를 추적하기 시작했다.

며칠 후 용의자로 보이는 자가 포착되었으나 검은 비옷을 입고 마스크를 쓰고 있어서 용의자를 파악하기 어려웠고 추적하기에는 한계가 있었다. 그러나 과학기술의 발달은 그 사람의 키와 몸무게를 정확하게 추정할 수는 있었다. 그리고 그 용의자와 비슷한 체형을 가진 사람을 계속 추적한 결과 거의 비슷한 남자의 행적을 알아낼 수 있었다. 아직은 용의자에 불과하지만 일단 희미하나마 가능성을 발견한 것이다.

2
우연의 연속

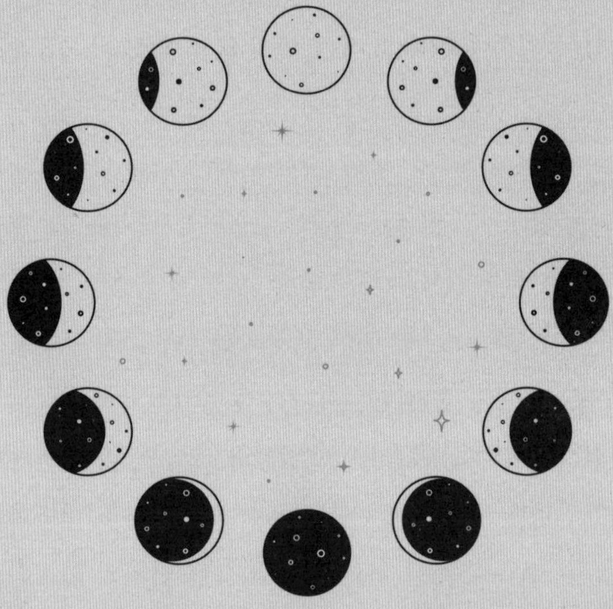

현이

현이가 일하는 편의점에서 깔끔한 외모의 청년이 눈에 띈 건 어제였다. 워낙 유동 인구가 많은 곳이라 손님에게 신경을 쓰기 어려웠지만 어수선한 시절이라 평소보다 신경이 곤두선 감각이 한 사람을 응시하게 했다.

서글서글한 눈매와 핸섬한 외모의 그가 그 후에 일주일에 서너 번 방문한다는 것이 마음에 걸렸다. 너무나 평범함도 평범함으로 보이지 않고 의심하는 현실이 참담했지만, 지금은 모든 것에 주의해야 하고 조심해야 했다. 그리고 현이는 왠지 이번 사건의 용의자가 왠지 젊은 남자일 거라는 예감이 들었다. 밤늦게 귀가할 때면 현이도 모르게 청각이 극도로 예민해지고 뒤를 자주 돌아보게 되었다.

평범한 일상이라는 것이 이렇게 소중했음을 요즈음 뼈저리게 느끼는 중이었다. 뉴스에 새로운 사건이 또 일어나지 않았는지 수시로 검색하는 것도 습관이 되어가고 있었다. 너무나 많은 사건 · 사고의 홍수 속에 너무나 쉽게 잊혀지고 있는 일들, 우리가 살아가는 세상이 이렇게 무서운 곳이었음을 새삼 느끼고 또 느끼고 있었다.

근무 중에 다시 그가 편의점으로 문을 열고 들어왔다. 캔 커피를 사고 계산대에 오자 현이는 용기 있게 그에게 말을 걸기로 했다.

“여기 가까운 데 사시나 봐요, 요즘 자주 오시네요.”

그는 내 질문에는 못 들은 척 답하지 않고

“얼마예요?”

하고 짧게만 말한다.

그리고 오늘도 현금으로 계산한다. 요즘 젊은 사람이 카드나 페이가 아닌 현금으로만 계산한다는 사실이 더욱더 그를 의심하게 했다. 뭐지, 이 묘한 이질감은, 불안한 느낌이 온몸으로 스멀스멀 들어온다. 갑자기 일어난 일은 실제로는 갑자기가 아닌 생길 수밖에 없는 의지나 우연이 존재하기 마련이다.

갑자기 자주 오는 낯선 사람, 지금 상황에서는 일단 의심하게 되는 건 어쩔 수 없는 것 같다. 몇 개월 전만 해도 상상할 수 없는 일이었다. 현이는 그의 인상착의를 더욱 기억 속에 저장하기로 했다. 그리고 틈틈이 스마트폰으로 사진을 담았다. 이런 자기의 현실에 자괴감이 들면서도 어쩔 수 없다고 스스로 합리화를 시키고 있었다.

한국의 정치도 점점 극우로 치닫고 있었고 종교는 더욱더 폐쇄적으로 움직이고 있었다. 더 좋은 세상이 될 것이라는 희망은 점점 옅어지고 있었다. 그리고 지금은 생명의 위협마저 느끼게 된 것이다. 그를 더 자세히 보는 습관이 생겼다. 내 눈길은 자동으로 그가 문을 열고 들어오면 따라가게 되었다.

정민에게도 이 사실을 말했다. 정민이도 걱정하며 혹시 도움을 받을 수 있는 사람이 있는지 알아보겠다고 했다.

경찰은 예방 목적으로는 쉽게 움직이지 않는 조직이다.

수년 전 시행된 검찰개혁으로 검찰의 수사권을 경찰이 독점하게 되었지만, 경찰도 검찰 못지않게 권위적인 기관일 뿐이었다. '민중의 지팡이'라는 이 관용적인 표현에서 지팡이에 '부러진'이라는 형용사가 있어야 한다는 우스갯소리도 들렸다.

'민중의 부러진 지팡이.'

현재 우리나라 경찰에게 어울리는 적확한 표현이었다.

며칠 후 편의점에 또 다른 낯선 남자가 들어온다. '낯선'이라는 단어에 이렇게 위화감과 두려움을 느낀 적은 살면서 여태처럼은 없었다. 익숙함이 싫어서 일탈을 한때는 꿈꾸었는데 지금은 익숙함이 얼마나 평안한 상태인지를 깨달아 가고 있었다. 그 남자는 물건을 찾는척하면서 나를 계속 주시하고 있다는 느낌을 강하게 받았다. 인간이라는 존재를 이성적 존재라고 명명하지만, 인간도 동물이라 본능의 힘이 훨씬 더 강하다고도 할 수 있었다. 온몸으로 느껴지는 두려움, 현이는 아무렇지 않은 척하면서도 그의 외모를 자세히 보았다. 그도 한 손으로 캔 커피를 들고 와서 계산대에 올려놓았다. 가격도 물어보지 않고 목소리 자체를 내지 않았다. 이 남자도 현금으로 계산했다.

지금 시대에 현금으로 계산하는 젊은 두 남자, 위험이 본능적으로 감지되었다. 마스크 너머 보이는 그의 두 눈은 날카로웠다. 다부진 체격에서 풍겨 나오는 살인자의 냄새, 현이는 혹시 이번 희생양은 내가 되는 것이 아닐까, 내 생의 시간이 얼마 남지 않은 건 아닌지 불안함과 두려움으로 남은 근무 시간을 정신없이 보냈다.

나광기 목사

나광기 목사는 작은 시골 마을에서 태어났다. 그의 아버지는 목사로 시골에서 전도로만 교회를 세운 독실한 목회자였다. 아버지는 성경 말씀에 충실했고 청렴하여 집안은 가난했다. 목사로서는 신도들의 존경을 받았지만, 가장으로서는 생계를 책임지지 못한 남편이자 아버지였다.

나광기 목사는 굶주림으로 어린 시절을 보냈다. 그는 모태신앙이지만 가난만은 견딜 수가 없었다. 가난함이 종교의 가르침이 될 수 없다고 믿었고 그래서 종교를 자본으로 발전시키고 있는 통화교로 전향했다. 그는 통화교에서 종교와 자본이 공존할 수 있음을 깨달았다. 그리고 신도들을 어떻게 세뇌할 수 있는지도 배웠고 또 유지할 수 있는지도 그때 알았다. 종교의 힘은 돈에서 나오고 돈을 위해서라면 종교를 이용해도 된다는 신념을 갖게 되었다.

그는 자기만의 완벽한 왕국을 꿈꾸었다.

'나만의 교회를 만들어 볼 거야'라는 결심을 그 당시에 했다고 보수 매체 인터뷰에서 말하기도 했다.

그의 설교는 쉬웠으며 명확했다. 성경에 충실한 듯했지만 자기 입맛에 맞게 해석하여 설교하였다. 그리고 그 설교의 최종 목적은 자본의 축적이었다. 돈의 힘이 종교의 힘보다 더 강하다는 사실을 그는 잘 알고 있었다. 참 아이러니한 일이었다.

그의 교리는 세 가지로 요약되었다. 공산주의 비판, 이슬람 배척, 동성애자 혐오였다. 모두 다 한국 보수 기독교 사상과 일맥상통했다.

처음에는 그리 주목받은 인물은 아니었다. 그가 종교 지도자로서 극우 선구자로 두각을 나타낸 시기는 박근혜 전 대통령 탄핵 시기였다. '탄핵 반대'라는 구호를 앞세워 수호 시위대를 이끌면서 거친 말과 표현으로 그들을 선동했다. 그 결과 자연스럽게 극우 목사의 상징으로 올라서게 되었다.

험악하고 선동적인 말을 하면 할수록 언론에서 주목했고 또 조명되었다. 몇 년 후에 일어난 윤석열 탄핵정국에서 종교적일 뿐만 아니라 정치적인 힘을 얻은 그는 '자신이 곧 신이다'라는 망상으로 접어들고 스스로 그걸 믿게 되었다.

그는 극우 유튜버들에게 자본을 공급하면서 세력을 점점 키워나갔다. 그때 그는 종교가 자본과 미디어와 함께 성장할 수 있다는 걸 확신하게 되었다. 순수 기독교 국가를 만들겠다는 신념을 위해서는 수단은 중요하지 않다는 설교를 하면서 폭력을 조장하는 언행은 점점 수위가 높아지고 있었다.

그는 공권력 위에 신권이 있다면서 이민자와 무슬림들을 공공연하게 적대시하였다. 세계의 정치 생태계도 점점 급변하고 있었고 극우세력도 서로 연대하는 세계화가 진행되고 있었다.

나광기 목사에게는 이런 국내 상황과 세계의 시류가 모두 자신에게 유리하게 돌아가고 있음을 확신하고 있었다. 그는 신념의 무서움을 잘 알고 있었다, 어떤 객관적인 사실과 진실도 음모론이라는 이 한 단어로 모두 거짓으로 만들 수 있었다. 자기가 믿고 싶은 것만 믿고 보고 싶은 것만 보게 만드는 일, 이런 일이야말로 나광기 목사가 지금까지 지지자들에게 해온 가장 쉬운 일이었다.

막심 교수

막심 교수는 대학교에서 강의하면서도 학생들에게 넓고 깊게 퍼져 있는 인간에 대한 혐오와 편견에 대해서 놀라곤 한다. 사람이 사람을 사랑한다는 것보다 증오하는 마음이 더 전염성이 강하다는 사실을 학생들로부터 배우고 있다는 느낌이 들었다. '악의 평범성'이 혹시 인간의 본성이 아닐지 모르겠다는 생각이 자주 들고 있는 요즘이다. 그래도 모든 종교의 기본은 사랑이라고 그는 지금도 믿고 있었다.

인간의 심리는 의지하고 기대고 싶어 하는 마음이 당연히 존재하기 마련이다. 그리고 누구도 경험하지 못한 미지의 죽음에 대한 두려움도 가지고 있는 게 당연하다. 사후세계에 대한 두려움, 그 틈을 종교가 완벽하게 차지하게 되었다.

불교는 인간을 고뇌하게 만드는 욕심에 대한 본능을 꿰뚫어 보고

버리라고 하지만 그렇게 쉽게 사라질 욕심이었다면 불교는 성행하지 못했을 것이다. 알면서도 실행하기 어려운 것, 바로 욕심에 대한 본능이다.

기독교와 이슬람은 죽음의 두려움을 무기로 교세를 확장해 나갔다. 지금은 이 두 종교는 서로 반목하고 혐오함으로써 또 확장하려고 하고 있다. 공생이 아닌 차별을 조장함으로 자기 종교의 신념을 왜곡시키고 있었다.

요즘 우리 사회는 젊은 학생들은 진보라는 공식이 깨진 지는 오래전이었다. 과거 윤석열 탄핵을 통해 극우의 중심은 20, 30대 젊은 남성과 70대 노인층이 주도하고 있었다. 그리고 이러한 현상은 일시적이 아닌 계속해서 이어오고 있었다. 청년들의 극우화는 세계 곳곳에서 일어나는 공통적인 현상이다. 왠지 과거 나치의 시대로 점점 회귀하고 있다는 생각이 들었다. 이런 극우화는 혐오를 조장하고 결국은 전쟁을 수반하기 마련이다.

타민족을 배타적으로 바라보고 타 종교를 점점 존중하지 않는다. 연대감은 점점 옅어지고 나만 잘되면 문제없다는 사회가 되어가고 있었다.

'나만 아니면 돼'라는 환경이 지배하고 있었다.

지금 현실은 종교의 교리보다는 자본의 힘으로 모든 것들이 이동하고 있었다. 돈을 벌기 위해서는 위법이나 타인에게 피해를 주는 일도 마다하지 않고 있었다.

이런 세상에서 발생한 지금의 살인사건은 당연한 결과인지도 몰랐다. 그러나 연쇄살인의 피해자가 이민자이자 무슬림 여성에게만 발생하자 막심 교수는 무언가 음모 세력들이 존재한다는 생각이 밀려왔다. 그냥 지켜만 보기에는 심각한 상황이라고 판단했다. 그는 대책을 세워야 했고 또 보호해야 할 사람들이 생겼다. 어떤 이유에서도 사람이 사람을 죽이는 일만큼은 일어나서는 안 되는 것이다.

알리

1937년 9월 27일, 하늘이 유난히 맑은 가을날이었다. 연해주에서 독립 무장 학교를 운영하던 성균은 소련 정부에 의해 갑자기 내려진 강제 이주 명령에 따라 화물열차에 올라탔다. 그가 그의 아내와 두 아들을 데리고 올라탄 기차 칸에는 영문도 모르고 겁에 질려 있는 수많은 조선인 가족들이 모여 있었다.

기차는 쉬지 않고 시베리아 평원을 달리고 있었고 상상할 수 없는 추위와 굶주림, 그리고 질병으로 지옥의 아수라장으로 변해가고 있었다. 기차 안을 가득 메운 조선인들의 수는 점점 줄어들고 있었다. 그들의 시체는 달리는 기차에서 내던져지고 있는 끔찍한 상황이었다. 카자흐스탄 땅을 지나 우즈베키스탄에 도착했을 때 성균도 아들 하나를 잃은 후였다.

나라 없는 설움이 더욱더 밀려왔다.

그래도 그는 자기 가족을 이끌고 이곳에서 살아야만 했다. 기나긴 시간을 달려 기차에 내리자 역 앞에서 우즈베키스탄 아주머니들이 빵 한 조각을 그들에게 전했고 그 따뜻한 정으로 낯선 이 땅에서 정착할 수 있었고 결국 살아남았다.

이 메마른 땅에 이주한 조선인들은 가능할 것 같지 않은 벼농사를 시작했고 나라 없는 설움을 서로 의지하면서 버티었다.

한민족은 우즈베키스탄이라는 낯선 땅에서도 기어이 뿌리를 내렸다. 알리는 할아버지, 아버지의 소원대로 대한민국이라는 나라에서 살고 싶었다. 독립운동가 후손이라는 정부의 배려로 정착할 기회를 얻었지만, 직업을 구하기는 쉽지는 않았다. 그때 막심 교수가 모스크를 관리하는 업무를 할 수 있게 주선해 준 것이다.

알리는 독립 무장 군이었던 증조할아버지의 피를 이어받았는지 군인의 길을 걸었다. 직업군인으로 10년을 근무한 후 전역 후에도 용병으로 우크라이나 러시아 전쟁에서 우크라이나 용병으로 참전하여 수많은 공을 세웠고 이렇게 살아남아 대한민국에 정착하게 되었다.

그의 신념은 어떤 경우라도 죄가 없는 민간인을 살인해서는 안 된다는 것이었다. 한국에서 평화로운 일상이 깨지는 사건이 일어나기 전까지 그는 군인으로서의 과거를 완전히 잊고 지냈다. 요즘 연쇄살인 사건의 뉴스를 보면서 이건 고의적이면서 조직적이고 또 공개적으로 경고장을 보내는 것이라는 확신이 들었다.

막심 교수에게 호출받고 그는 억누르고 있던 전사의 본능이 서서히 되살아나고 있음을 온몸으로 느꼈다. 그에게는 그와 함께 한국으로 이민을 온 요원들도 소수 있었다. 모두 프로페셔널하고 그에게 충성하는 전직 군인이자 용병들이었다. 생사를 함께 넘나들어야 했던 수많은 나날, 이곳에서 변변치 않은 직장생활을 하며 생계를 유지하고 있지만 그의 호출에 모두 즉시 모여들었다. 그들은 수많은 군사작전에 투입되었고 알리의 지휘하에 모든 작전을 완벽하게 수행했었다. 알리가 한국으로 간다고 했을 때 그의 부대원 중 몇 명도 용병의 길을 접고 일리를 따라 한국에 이민해 왔었다.

모스크 내에 있는 비밀방에서 그는 지금까지의 연쇄살인 사건에 관해 설명하고 이 사건은 결코 우연이 아닌 계획적으로 준비된 사건이라는 결론을 내렸다. 함께 모인 다른 부대원들도 의심은 하고 있었지만 낯선 땅에서 살아간다는 게, 먹고살기 바쁘다는 핑계로 모른 척 살려고 했음을 인정할 수밖에 없었다.

그들은 다시 한 팀으로 뭉치기로 했다. 알리는 지금 모스크에 매주 오고 있는 현이 학생에게 수상한 사람들의 이야기를 들었다고 했다. 그래서 일단 현이의 주위를 감시하면서 살인사건을 자세히 조사해 보기로 했다.

3
사건의 전말

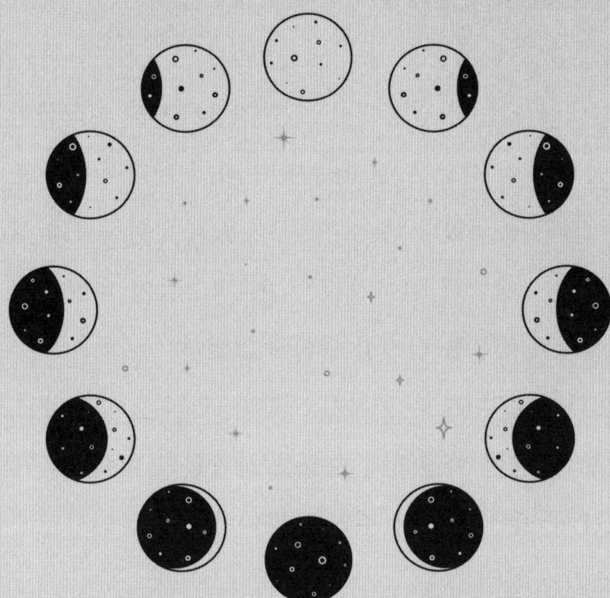

현이

현이는 어릴 때부터 사회적 약자로서 차별의 시절을 보낸 경험은 위험에 대한 직감을 본능적으로 발달하게 했다. 엄마는 현이에게 자기 몸은 스스로 지킬 줄 알아야 한다며 태권도 도장으로 보냈다. 정부에서 지원하는 이민 복지정책으로 학원비는 무료였다.

현이는 운동신경이 좋았다. 고등학교 때부터는 태권도 사범으로 약간의 알바비를 받고 계속 운동했고 그 결과 대학도 체육학과에 입학할 수 있었다. 이러한 육체적 감각은 모든 감각으로 이어졌다.

'지금은 나에게 위험의 순간이다…'라는 예감이 확신으로 다가오고 있었다. 현이는 금요일 예배 시간에 들러서 알리를 만났다. 알리는 모스크를 관리하는 사람으로 무슬림들 모두에게 친구이자 보호자 같은 존재였다. 전에 무슨 일을 했는지 잘 알지 못하지만, 사람의 마음을 꿰뚫은 듯한 그의 깊은 눈동자에 왠지 모를 신뢰감이 느껴졌다. 현이는 알리에게 현재 편의점에 자주 오는 낯선 두 남자에 대해 이야기했고 확실치는 않지만 불안한 예감이 든다고 말했다. 알리는 더 자세히 이야기해 달라고 했다.

“낯선 남자들이 계속 찾아와요. 물건을 사지만 저를 주시하고 있다는 느낌이 들어서 찜찜하고 조금 무서워요.”

알리는 여전히 평안한 얼굴이지만 눈빛만은 날카로움이 보였다.

“언제부터 오기 시작했어?”

“2주 전부터 자주 오더니 최근에 다른 사람도 왔어요.”

현이의 목소리는 약간 떨렸다.

“왜 그런 느낌이 들었어?”

알리는 한층 더 진중한 표정과 말투로 바뀌었다.

“제 처지에서는 눈치가 빠를 수밖에 없어요. 글구 지금 무서운 사건이 계속 일어나다 보니 자세히 보는 습관이 생긴 것 같아요.”

그리고 여전히 찜찜했던 부분이 떠올랐다.

“물건을 사면 현금으로만 계산해요. 요즘 세상에 너무 이상하지 않아요?”

“현이야, 우리가 너를 보호하게 되면 부담될까?”

“보호요? 어떻게 한다는 거예요?”

알리는 이마에 손가락을 문지르며

“음… 현이 모르게 네 주변을 감시하는 거야. 현이는 우리가 어디 있는지도 모를 거야.”

현이는 잠시 고민하다가

“그래요, 그렇게 해주세요. 솔직히 요즘 좀 무서워요. 빨리 해결됐으면 좋겠어요."

알리는 심각한 얼굴로 현이에게 어려운 부탁을 하고 싶다고 했다.

"현이야, 너에게 정말 미안한데 우릴 믿지, 왜냐하면 너무 대놓고 우릴 드러낼 수 없어. 네가 위험에 처할 수도 있어. 절대 너의 안전은 내가 보장할게."

"그게 무슨 말이에요?"

알리는 정자세를 취하고 현이의 눈을 똑바로 보면서

"왠지 느낌이 좋지 않아. 그래도 범인은 잡아야 하잖아."

현이는 잠시 생각하다가

"제가 미끼가 될 수도 있다는 건가요?"

알리는 말을 이어갔다.

"굳이 미끼라고 하기는 그렇지만 너의 안전은 정말 보장할게."

현이는 두려움과 범인을 반드시 잡아야 한다는 정의감 사이에서 잠깐 흔들렸다. 그러나 그들이 만약 범인이라면 이번이 붙잡을 기회이기도 했다. 그들의 조직을 추적하여 정체를 파악해서 파괴할 수 있는 절호의 기회다.

"알았어요. 빨리 우리가 안전하게 다닐 수 있어야 하잖아요."

알리는 현이의 용기 있는 생각이 대견하기만 했다.

나광기 목사

나광기 목사는 기독교 나라를 만드는 데에 평화적인 방법으로는 한계가 있다고 믿었다. 아니 그렇게 믿게 만드는 게 그의 목적이었다. 그의 진짜 목적은 대한민국 극우의 우두머리가 되는 것이었고 또 그걸 수단으로 돈을 모으는 것이었다. 그 돈으로 정치적 영향력을 갖는 것이고 결국은 기독교 세력과 극우가 지배하는 나라를 만드는 것이었다.

이 나라를 위해 그의 가장 충성스러운 사람들과 함께 비밀 조직을 만들기로 했다. 그를 가장 믿고 무조건 충성하는 최믿음 전도사에게 있어 나광기 목사는 바로 예수요, 신과 같은 존재였다. 나광기 목사는 최 전도사에게 조직을 이끌 수 있는 자금을 무제한 지원하기로 약속했고 신앙심이 깊은 기독 청년들을 포섭하여 기사단이라는 이름으로 조직하게 했다. 매일 그 청년들에게 기사단 조직이 왜 필요한지에 대해 교육하면서 이민자와 무슬림들로 인해 대한민국이 얼마나 오염되었는지에 대해 계속 세뇌했다. 기사단의 일원들이 완벽하게 세뇌되었다는 확신이 들자 나광기 목사는 사회에 경종을 울리기 위해서 행동으로 옮기기로 드디어 결정하였다. 기사단은 조직을 전문화해서 목표물을 선정하고 관찰하면서 계속 감시하고 가장 완벽하게 처리할 수 있는 장소와 시간을 결정해서 마지막으로 목표물을 제거하는 조직으로 만들었다.

대한민국 극우의 젊은 청년들은 이미 자극에 익숙해져 있고 돈만이 최고라는 이기심이 당연시되었다. 그리고 교회에서의 교육으로 그들은 이미 갈라치기에 세뇌되어 있었고 극우 유튜버들의 자극적인 언행을 따라가기 시작했다. 나 광기 목사에게 이런 젊은 남성 신도들은 가장 이용하기 쉬운 도구이기도 했다.

지금의 기독교가 극우의 본산지가 될지는 아무도 예상하지 못했다. 과거 일제강점기 때는 어느 종교보다 더 진보적이고 대한민국 독립을 위해 노력해 온 종교였다. 가장 진보적이었던 종교가 지금은 가장 폐쇄적이고 극우적인 종교로 변해가고 있었다.

주만을

나광기 목사의 설교는 그에게 확신을 안겨주었다.

'맞아. 우리나라에 이민자들과 무슬림들이 함께 있어서는 안 되는 존재들이야.'

그는 기독교 나라를 위해 순교할 준비가 이미 되어 있었다.

그는 기독교 모태신앙으로 태어났다. 부모님은 독실한 크리스천으로 새벽기도도 절대 빠지지 않았다. 어렸을 때는 자식보다 교회만 찾아가는 부모가 미웠던 적도 있었다. 내가 태어난 것도, 우리 집의 좋은 소식도 노력이 아닌 모두 주님의 은총이라고 믿었던 분들이었다.

외동아들로 부모님을 따라 교회를 계속 함께 다녔다. 고등학교도 기독교 교리를 중시하는 학교에 다녔고 기독교 외에 모든 종교는 세상의 악이라는 신념이 완벽하게 자리 잡게 되었다. 고등학교 때 접한 극우 기독교의 유튜브는 그에게는 신세계였다. 유튜버들이 이민자들과 무슬림에게 마구 내뱉는 욕설과 조롱 섞인 방송에 푹 빠져들었다. 그는 유튜브에 심취해서 거리에서 이민자를 보면서 욕설도 하면서 쾌감을 느끼곤 했다.

주만을은 특수부대에 들어갔다. 잔인한 성격에 적성도 맞았지만, 특수부대에서 완벽한 살인의 기술도 배우고 싶었다. 이미 이민자와 이슬람에 대한 혐오감은 최고조로 있었지만, 겉으로는 독실한 기독교 신자로만 생활했다.

그는 특수부대에서는 탁월한 군인이었다. 사람을 죽이는 훈련에서 완벽하고 신속한 기술을 보여주었다. 비록 훈련이었지만 그때 그는 살인 훈련에서 왠지 모를 희열을 느끼곤 했었다.

그는 모범군인으로 무사히 제대했다. 군 생활이 마음에 들었지만, 사회생활에서도 자기가 할 일이 분명 있을 것으로 생각했다.

대학교에 다시 복학했고 그때 함께 다녔던 이민자 학생에 대해서 적대감을 본능적으로 느꼈다. 그러나 낮에는 티를 낼 수는 없었고 밤에는 부러 시비를 걸어서 처음 보는 이민자들에게 무차별 폭력을 가하곤 했었다. 그러면서 또 희열을 느끼는 사이코패스였다.

주만을은 주믿음 교회를 다니면서 나광기 목사에게 완전히 빠지게 되었다. 자기의 평소 생각을 나광기 목사가 대신 설교로 적확하게 표현하고 있었다. 나광기 목사는 그에게 있어 신이었다. 바로 절대적인 신이었다.

그때 나광기 목사가 최민음 전도사를 통해 그에게 비밀 조직에 들어오라고 권유했다. 비밀 조직이 해야 할 일에 대해서 자세히 설명을 들었다. 주만을은 바로 자신이 원하는 조직이고 또 그걸 실행하는 사람으로 자신이 최적화된 도구라고 생각했었다.

박 형사

갑자기 쫓던 용의자가 사라졌다. 모든 정보를 수집해도 그 청년의 모습은 어디에도 찾을 수 없었다.

연쇄살인 사건도 더 이상 일어나지 않았다. 박 형사는 이 상황이 어떤 상황인지 전혀 갈피를 못 잡고 있었다. 박 형사도 딸이 있었고 그녀는 중학생이었다. 그리고 그 학교에도 이민자들 학생들이 많이 다닌다고 했다.

우리나라도 이민 개방정책으로 이민자의 수는 계속 증가하고 있었고 중소기업 근무하는 직원들 대부분은 이민자들로 채워지고 있었다.

박 형사는 시체의 표식을 보고 유추할 수 있었다. 이건 이민자에 대한 혐오 사건임을 단번에 알 수 있었다. 자기 딸에게도 이민자 친구들이 많았고 가끔은 친구를 데리고 집으로 오는 때도 있었다.

박 형사는 발견된 시체를 보고서 분노를 참을 수 없었다.

반드시 잡아서 법의 심판을 받게 해야 한다고 결심했다. 그는 CCTV에 사라진 그 장소를 계속해서 방문했다.

용의자가 왜 갑자기 사라진 것일까? 변장한 것일까?

사라진 장소에서 얼마 떨어지지 않은 근처 건물 3층 유리창에 적혀 있던 글씨가 눈에 들어왔다.

'하나의 민족 주님의 나라 청년 연구회'

박 형사는 그곳을 방문해 보았다. 젊은 청년들 여럿이 모여 있었다.

"전 영산경찰서 박철진 형사입니다."

그러자 그 청년 중 지도자로 보이는 남자가 다시 나왔다.

"아, 예 무슨 일로 오셨나요?"

"그냥 이 단체가 궁금해서 왔습니다. 혹시 어떤 단체인가요."

"우리는 성경을 공부하고 역사도 공부하는 청년 단체입니다."

박 형사는 그 내부를 천천히 둘러보았다. 안에 있는 청년들은 박 형사를 경계하는 눈빛을 숨기면서 각자의 일을 하는 듯 보였다. 박 형사는 찜찜한 마음을 안고 밖으로 나왔다.

그 청년들 속에 있던 주만을의 눈빛이 날카롭게 반짝거렸다.

막심 교수

그는 무슬림들에게 있어서나 이민 사회에서도 한국에서는 실질적인 지도자 역할을 하고 있었다. 그도 이제는 행동해야만 한다.

"알리, 오늘 밤 그곳으로 모두 모이도록 연락해 주게."

"전부 말입니까?"

알리는 이태원에 있는 이슬람 모스크 사원을 관리하는 우즈베키스탄 이민자이면서 막심 교수가 가장 신뢰하는 사람이었다.

"몇 시에 모일까요?"

"9시에 모여서 회의해야겠네!"

통화를 마친 후 막심 교수는 다시 과거를 회상했다.

무슬림은 한국이라는 나라에서 정착하기 쉽지 않았다. 워낙 테러 집단이라는 편견과 인식이 강했고 동네 곳곳에 자리 잡은 교회로 인하여 수많은 차별과 멸시를 감내해야만 했다. 언젠가는 평화롭고 안정적인 사회가 될 거라 믿었지만 그건 너무나 순진한 생각이었음을 절실히 깨달았다.

이 사건의 중심에 어떤 조직이 있는지 반드시 알아내야 하고 다음 사건도 반드시 막아야만 했다. 피바람 나는 연쇄살인 사건이 더 발생하기 전에 먼저 움직이고 대처해야 했다. 점점 극우화되고 폐쇄적으로 변하고 있는 세계정치에 우리나라도 자유롭지는 못했다. 그래도 알리가 곁에 있어 조금은 든든하고 안심이 되었다.

이슬람 종교는 폭력적인 종교가 결코 아니다. 단지 그 종교를 믿는 사람 중 소수의 잘못된 신념에 의해 테러 종교로 인식되어 있었다. 지금 지구촌의 모든 선과 악의 기준은 기독교 중심으로 편집되어 있었다. 테러라는 결과만을 보도한다. 왜 그 테러를 일으켰는지, 원인에 대해서는 아무 말도 하지 않는다. 무고한 시민을 향한 어떠한 테러도 정당화될 수는 없다. 그러나 'why'도 함께 조명해야 한다. 구약성서와 신약성서 그리고 코란 중 어느 종교 경전에서 가장 폭력적이고 잔인한 글이 많은 나오는지 검색한 적이 있었다. 놀랍게도 결과는 구약성서가 압도적으로 많고 그다음이 신약성서, 코란이 가장 적은 경전으로 나왔다. 모든 종교와 제도는 그 자체에 문제가 있는 것이 아니다. 그것을 실행하는 사람이 바로 문제였다.

4
반격의 시작

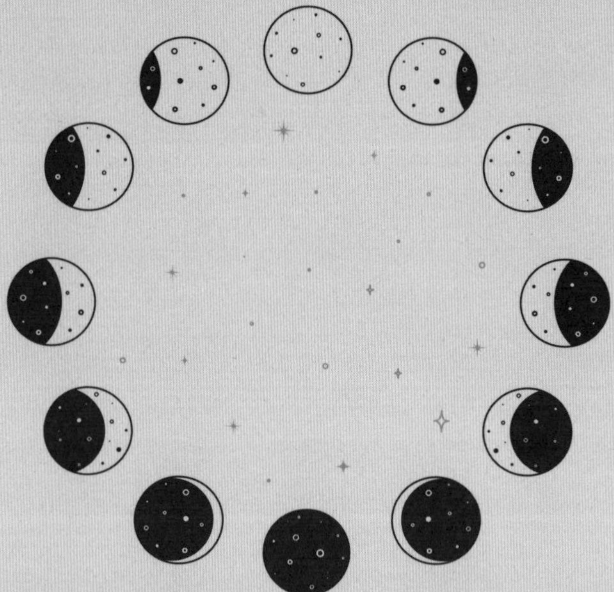

현이

장맛비치곤 엄청나게 쏟아지는 그런 날이었다. 다행히 오후 출근 시간이 가까워지면서 빗줄기는 점점 가늘어지고 있었지만, 우산을 들고 나가는 현이의 발걸음이 유난히 무거웠다. 비 오는 날을 무척 좋아했던 현이에게 비는 그 사건 이후부터 두려운 자연현상이 되어 있었다. 이런 날 출근을 하면서 느끼는 건 혹시 오늘이 바로 그날이 아닐까 하는 불안감이었다.

오늘 편의점에는 그 두 남자는 오지 않았다. 두 남자가 보이면 보여서 불안하고 또 보이지 않으니 왠지 더 불안하게 느껴졌다. 야간 알바를 하는 민석이가 오고 인수인계를 마치고 집으로 돌아가는 길, 자연스러운 걸음걸이를 하려고 할수록 더 부자연스러워졌다. 뒤를 돌아보고 싶은 마음이 매초마다 생겼지만, 알리를 믿고 앞만 보며 빠른 걸음으로 나아가기로 했다.

맞은편에서 검은 비옷을 입은 건장한 남자의 형체가 희미하게 보이자 공포감이 순식간에 온몸을 훑고 지나간다. 점점 다가오는 그의 체형이 왠지 익숙하게 느껴졌다. 한발 두발 가까이 다가오는 그의 모습에 본능적으로 현이의 몸은 움츠려지고야 만다. 그는 아무 일 없다는 듯이 현이 곁을 그냥 획 지나친다. 현이는 곁눈질로 그를 재빠르게 스캔한다. 바로 그 남자다. 편의점에서 보았던 날카로운 그 남자의 눈빛이다. 온몸이 공포로 곤두섰지만, 최대한 침착하게 걷는다. 뒤에서 따라오는 발걸음 소리가 들려오는 듯해도 현이는 계속 앞만 보며 나아가기로 한다. 아니 단지 착각이며 빗소리뿐이라고 최면을 걸어본다.

점점 누군가 다가오는 느낌이 드는 바로 그 순간 누군가에 의해 쓰고 있던 우산이 순식간 날아가고, 그 순간 현이는 재빠르게 뒷차기를 그 남자에게 강하게 날렸다. 단 한 번의 기회만 있을 뿐이었다. 무언가 묵직한 충격이 현이의 발바닥에 느껴졌고 그 남자는 그대로 앞으로 고꾸라지는 모습이 보였다.

현이는 있는 힘을 다해서 앞으로 달려 나갔다. 한창 달리고 있는데 어디선가 자기 이름을 부르는 소리가 들렸다. 환청인가? 공포와 두려움으로 헛소리가 들리는가 보다는 생각이 들었다.

"현이야 기다려."

익숙한 큰 목소리에 현이는 발걸음을 멈추어 뒤를 돌아보았다. 영문을 알지 못한 채 공포에 질려 있는 현이 앞에 나타난 사람은 알리였다.

"현이야, 괜찮아."

현이는 공포와 놀라움에 자기도 모르게 울음을 터뜨렸다.

"너무나 무서웠어요, 알리."

알리는 현이를 가볍게 안아주고 다독거리며

"이제 다 끝났어. 이 친구가 집으로 데려다줄 거야."

현이는 아직 가슴이 진정되지 않았지만

"알리, 이 남자는 어떻게 할 거예요."

알리는 희미한 웃음을 보이면서

"현이야, 여기서부터는 우리가 알아서 할게. 그리고 오늘 밤 일은 모두에게 비밀이다. 엄마나 친구에게도."

"네, 알았어요. 꼭 그렇게 할게요."

떨리는 가슴을 최대한 진정시키며 집으로 향했다.

그때 알리의 목소리가 들렸다.

"현이야, 미안하고 고맙다."

알리는 그 남자를 차에 태웠다. 알리는 쓰러진 남자를 제압한 후 마취 주사를 투입했다. 마취에서 풀리려면 대여섯 시간이 필요할 것이다.

알리는 누군가에게 전화한다.

"막심 교수님, 용의자를 붙잡았습니다. 그곳으로 데려가겠습니다."

막심 교수

알리에게서 용의자를 붙잡았다는 연락을 받았다. 막심은 경찰에 연락해서 인계할까 잠시 고민했지만, 지금까지 경찰이 보여준 형태를 봐서 믿을 수가 없었다. 그래서 그는 모스크 지하에 있는 비밀의 방으로 그를 데려오라고 했다. 알리에게 모든 걸 맡길 것이다. 비인간적인 고문이라는 방법을 혐오하지만, 이번에는 묵인할 것이다.

누가 살인을 명령했는지, 어떤 조직인지 아니면 단독범 소행인지를 반드시 밝혀내야 한다. 단독범이라면 경찰에 인계하고 조직적 범죄라면 그 조직을 완전히 무너뜨려야 한다. 가끔은 "눈에는 눈 이에는 이"의 실천이 필요하다.

무엇이 선이고 악인가?

무엇이 정의이고 불의인가?

점점 헷갈리는 현실이다. 악한 이들이 더 큰소리를 치고 악행을 자행하고 있다. 그러나 공권력도, 저 하늘에 존재한다는 신도 그들을 완벽하게 막지 못하고 있다.

알리

알리는 지난주 모스크로 예배하러 온 여학생 현이의 이야기를 자세히 듣고 불길한 예감이 들었다. 이건 수많은 전쟁과 작전에 투입된 군인의 본능이자 직감이었다. 그녀가 지나치게 민감한 편일 수도 있지만 그녀의 요청에 따라 그의 요원 2명에게 일거수일투족 감시하고 보호하도록 명령했다.

그들은 잠입과 미행에 최적화되어 있었고 살인에도 프로들이었다. 알리와 생사를 넘나들던 믿음직한 전우들이었다. 며칠 후 그들에게서 보고가 들어왔다. 현이가 일하는 편의점에 계속해서 방문하는 남자가 존재하며 그 존재가 심히 의심스럽다고 했다. 물건을 사는척하면서 CCTV 위치를 쳐다보고 현이를 계속 주시하고 있다는 것이었다. 현이에게 카톡으로 연락해서 그냥 평상시처럼 행동하면 된다고 전했다.

현이라는 학생은 침착하고 대범한 학생이었다. 두려워하지도 않았으며 또 피해자가 더 발생해서는 안 된다는 생각도 확실했다. 반대로 알리와 그의 요원들에게 느껴지는 긴장감은 최고조였다. 잠깐 방심하면 현이의 목숨이 위험해지기 때문이었다. 알리는 이러한 팽팽한 긴장감을 오랜만에 느끼면서도 살아 있다는 느낌을 강하게 받고 있었다. 알리는 천상 군인은 군인이었다.

그리고 마침내 현이에게 접근한 남자를 그녀의 순발력을 발휘한 태권도 실력과 그들의 미행으로 잡아낼 수 있었다. 알리는 잡아 온 사내를 천천히 바라보았다.

그는 젊고 평범한 인상의 남자였다. 아직 정신이 돌아오지 않았는지 어리둥절한 모습이었지만 그는 곧 현실을 알아차렸다. 그 남자의 앞에는 고문 도구들이 잔뜩 놓여 있었다.

고문을 하려는 의도는 없었지만, 상대방에게 공포심을 심어주어야만 했다. 그리고 만약 그가 협조하지 않을 경우는 어쩔 수 없이 실행할 수밖에 없었다. 그의 눈앞에는 야구방망이와 종이 절단기가 보였다.

알리는 매서운 눈빛으로 그를 바라보면서 조용하게 말했다.

"자네 이름이 뭔가?"

그 남자는 어떤 대답도 하지 않겠다는 의지를 보였다.

"난 알리라고 하네. 용병 출신이고. 난 앞에 놓인 것들을 자네에게 사용하고 싶지 않네. 진심이라네."

그 남자는 역시나 묵묵부답이었다. 그러나 알리는 알고 있었다. 인간에게 공포심이라는 게 쉽게 뛰어넘을 수 없는 감정임을 그는 경험에서 충분히 알고 있었다. 무심하게 죽음을 넘나든 그도 가끔은 공포심을 느끼곤 했었다. 인간이라는 존재는 원래 이렇게 약한 존재였다.

"다시 묻겠네. 왜 사람을 죽였는가? 그럼으로써 자네가 얻는 건 무엇인가?"

알리는 그에게 이 말을 던지고 잠시 그의 대답을 기다렸다.

"한 시간 시간을 주겠네. 그때 자백하면 서로 좋겠지만 자네가 거부하면 극한 고통을 맛보고 결국은 자백하게 될 걸세."

주만을에게 한 시간은 너무나 길고 긴 시간이었다. 목숨을 내놓을 수는 있어도 조직을 배신할 수는 없었다. 그리고 신 같은 존재인 나광기 목사를 더더욱 배신할 수는 없다는 결론을 내렸다. 그러다가도 깊고 매서운 눈매와 수염이 얼굴의 절반을 가리고 있던 그 알리라는 사내의 위압감을 '내가 과연 이겨낼 수 있을까…'라는 생각에 본능적인 공포심이 밀려왔다.

알리는 고문을 당해봤고 또 고문을 가해본 경험이 많았다. 사람이 사람에게 행하는 행위 중 고문은 가장 원시적이면서 야만적이라고 생각하고는 있었다. 대의를 위해서 희생이 필요하다고 믿지 않지만 지금 상황은 생명에 관한 문제였다. 이 상황이 정리되지 않으면 더 많은 희생자가 생길 것이다. 프로답게 깔끔하게 처리해야 해야만 한다. 내 처리 속도 능력에 따라 내 친구들이 위험해지느냐 안전해지느냐가 결정이 된다.

나광기 목사

첫 번째 희생자는 말레이시아 이민 2세인 아이샤였다. 그녀는 외국 금융회사에 다니는 27세 여성이었다. 말레이시아 대학을 졸업하고 한국대학에 편입하여 금융회사에 합격하였다. 입사한 지 겨우 1년 차의 재원이었다.

나광기 목사는 이태원 모스크에 교회의 젊은 청년을 잠입시켜 목표물을 탐색했다. 무슬림의 주말 예배에는 수많은 이민자 무슬림들이 모여들었고 그곳에서 범행하기 쉬운 여성만을 선택했다. 보통 한두 달간 미행하고 동선을 확보해서 살인을 저질렀다. 실행일은 비 오는 날로 잡았다. 비옷으로 체형과 얼굴을 가릴 수 있었고 증거인멸도 쉬운 이점이 있었다. CCTV 동선을 피할 수 있는 길을 찾아내는 건 또 다른 조의 역할이었다. 요즘은 사각지대가 거의 없으므로 피할 수 없을 때는 변장을 선택했다. 또 경찰의 추적에 혼선을 주기 위해 검은 비옷을 입은 비슷한 체형의 청년들을 CCTV 동선 곳곳에 배회하게 했다, 그리고 영산시에 여러 비밀장소를 마련해서 경찰의 수사를 따돌렸다. 살인한 조원들은 특수부대에서 근무한 극우 청년들이 담당했다. 그들은 완전 극우주의자로 이민자와 무슬림에 대한 혐오는 끔찍했다.

극우 청년에게는 계속된 세뇌 교육으로 완벽한 살인 병기를 만들었다. 기독교 국가를 세우기 위한 목적에 어떠한 수단도 정당화되었다. 그 청년 중에 특히 정신적으로 완벽하게 무장되고 살인에 특화된 청년이 바로 주만을이었다. 그는 특수부대 출신으로 중동의 대테러 작전에도 투입되어 이슬람 무장세력을 잔인하게 살인한 경력도 작용했다. 무슬림들을 무조건 증오했다. 그는 잔인한 살인에도 죄의식은커녕 대한민국이라는 나라를 순수한 기독교 국가를 만들기 위한 당연한 행위라고 자랑스러워했다.

처음에는 단순 살인만 하려고 했으나 저들에게 경고의 표식을 남겨주고 싶었다. 상위를 벗긴 후 온몸에 십자가 표식을 칼로 그었다. 이건 너희들 나라로 돌아가라는 강력한 신호이자 암시였다. 주만을은 살인할수록 두려움보다 희열을 느꼈다. 인간의 본성은 성악설이 맞는다고 확신했다.

처음 살인을 저지르고 나광기 목사와 대면했을 때

"만을아, 완벽하게 잘 처리했다. 그 표식도 인상 깊었다."

나 목사의 칭찬은 만을이에게 자신감을 불어 넣었고 더 완벽하게 처리해야겠다는 다짐을 하게 되었다. 주만을은 세 번째 살인까지 완벽하게 처리했다. 어떤 흔적도 단서도 남기지 않은 채 이민자와 무슬림들에게 공포감을 심어주었다. 그의 외모는 겉으로 보기에는 너무나 선한 기독교 신자의 모습을 하고 있었다.

나광기 목사는 최믿음 전도사로부터 주만을 신도가 며칠째 보이지 않는다는 보고를 받았다. 그는 이미 네 번째 살인사건을 일으켜야 했었다. 분명 문제가 생긴 게 분명했다. 초조한 마음이 들었지만, 주만을 신도의 믿음과 신념이 워낙 확고해서 목사에게 피해가 오는 일은 없을 것이다. 그는 이 나광기 목사에게 목숨도 내어줄 청년이었다.

"언제 마지막 봤어?"

최 전도사는 어쩔 줄 모르면서

"일주일 전에 봤습니다. 모든 일들이 순조롭게 진행되고 있다고 했습니다."

"다른 청년들도 그의 소식을 모른대?"

"네, 감쪽같이 사라진 사람처럼 아예 연락이 안 된다고 합니다."

나광기 목사의 미간에 주름이 잡혔다. 지금까지 목사의 의지대로 안 되는 일이 없었다.

"신도들을 전부 풀어서 수소문해 봐."

최믿음 전도사는 두려움으로 몸을 떨며 나왔다. 나광기 목사는 자기 뜻대로 되지 않을 때는 감정이 통제되지 않은 폭군이었다. 폭력과 무시무시한 폭언을 쏟아붓고는 했었다.

"그나저나 주만을 신도는 어디에 있지."

혼자 중얼거리면서도 엄습하는 불안감이 최 전도사에게 스며들었다.

5
강력한 메시지

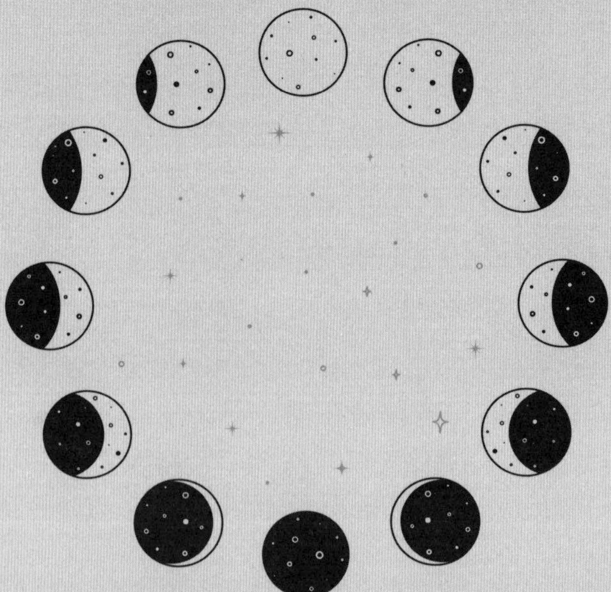

알리

알리는 한 시간 후 정확하게 들어왔다.

"생각해 봤나, 현명한 결정을 했기를 바라네."

그 남자는 최대한 침착하고 냉정한 목소리로

"모두 저 혼자 한 겁니다. 난 순수한 기독교 신자이며 민족주의자로 해야 할 일을 했을 뿐입니다."

"안타깝군."

이 말과 동시에 야구방망이로 그의 발등을 정확하게 내리쳤다. 너무나 빠르고 묵직한 일격에 주만을은 비명조차 지르지 못했다. 발등뼈가 으스러지는 느낌이 들었다.

알리는 다시 한번 그에게 물었다.

"자네 이름이 뭐고 누가 이런 일을 시켰는지 말하게."

"내 이름은 주만을, 혼자 한 거라고 말하지 않았습니까?"

이 말이 다 끝나기 전에 다른 발등에도 순식간 일격이 가해졌다.

주만을은 두려움과 공포감이 밀려왔다. 어차피 자백하지 않는다면 이 알리라는 사내는 계속 고문할 것이다. 이 남자는 프로 중 프로다. 주만을이 지금까지 알고 있는 사람과 다르다. 알리는 더 이상 다그치지 않았다.

"다시 한 시간 후에 오겠네. 자네는 여길 빠져나가지 못할 거야."

주만을은 점점 절망 속으로 끌려가고 있음을 느꼈다. 신념이 흔들리고 있는 것이었다. 자신만만하고 잔인했던 그도 진실을 말하지 않고서는 몸은 완전히 망가질 것이고 쉽게 죽음도 허락하지 않을 것임을 본능적으로 느꼈다.

한 시간마다 알리는 그에게 고문을 가했다. 발등에 이어 손등이 모두 부서졌다. 그리고 손등에 이어 무릎마저 완전히 결딴이 나고야 말았다. 이젠 비명마저 나오지 않았다. 너무 심한 고통에 기절하고 깨어나는 일들이 반복되었다.

며칠이 지났는지 기억도 나지 않는다. 주만을은 한숨도 자지 못했고 발등에 이어 손등, 무릎도 타격으로 인해 모든 뼈가 으스러져 있었다.

알리의 고문은 끈질기고 잔인했다. 여기서 살아서 나가지 못할 것이다. 아니 주만을은 차라리 죽여줬으면 했다. 이런 육체적 고통이 정신적인 피폐로 이어졌다.

알리가 문을 열고 들어선다. 그의 눈은 맹수처럼 사람을 꼼짝 못하게 하는 힘이 들어 있었다.

"이제 말할 준비가 되었는지 궁금하군."

주만을은 초점 잃은 눈동자와 바싹 마른 입술로 겨우 얘기했다.

“차라리 나를 죽여라.”

“자넬 죽이지 않아. 말만 할 수 있을 때까지는 살려둘 걸세.”

알리는 차갑고 냉정한 목소리로

“다시 묻겠네, 자네는 누구이고 누가 시킨 일인가?”

주만을은 모든 게 무너지는 걸 실감했다.

“내 이름은 주만을, 주믿음 교회 다니고….”

알리는 이 두 마디의 말에 담겨 있는 의미를 단박에 알아챘다.

“자네는 죽지 않을 거야. 일 처리 하는 동안 이곳에 좀 갇혀 있어야겠네!”

문을 닫고 나가면서 알리는 막심 교수에게 연락했다.

“교수님, 배후는 주믿음 교회입니다. 아마 그 배후에는 나광기 목사이겠지요. 대놓고 이민자와 무슬림을 혐오하고 있는 자니까요.”

“예상은 했지만 그래도 설마 했는데. 알았네! 내가 그쪽으로 가겠네!”

알리는 나광기 목사에 대한 살의를 느꼈다. 극우주의자로 혐오는 하고 있지만 사람을 죽이는 일을 교사할지는 차마 몰랐다. 이번 사건이 끝나고 앞으로도 일어나지 않으려면 깔끔하게 처리해야 한다.

그게 또 다른 살인 행위일지라도.

막심 교수

막심 교수는 알리의 연락을 받고 생각에 잠겼다. 알리는 이 사건의 배후를 알아냈다고 했다. 경찰에 용의자를 넘기면 수사할 것이다. 그러나 과연 몸통을 잡을 수 있을까, 아니면 꼬리 자르기로 끝날까. 분명 후자에 가까울 것이다.

이 사건의 배후자는 지금 극우에 있어 가장 강력한 영향력을 미치고 있는 나광기 목사라고 했다. 나광기 목사는 대한민국에서 정치인과 검경에도 모두 영향력을 가지고 있는 극우를 대표하는 유명 인사였다.

나광기 목사의 힘은 강력했으며 또 부패했다. 이 부패의 힘을 무시해서는 안 된다. 그 힘이 바로 공권력과 연결되어 있기 때문이다.

막심은 마침내 결정했다. 법이 모든 걸 해결해 주지 않는다. 직접 그들을 처단할 것이다. 막심 교수는 알리와 모스크 비밀의 방에서 만났다. 이 일을 어떻게 처리할 것인가에 대해 알리의 의견을 듣고 싶었다. 알리도 공권력을 믿을 수 없다며 직접 그와 그 조직을 처리하고 싶다고 했다.

막심 교수는 알리에게 이런 위험한 일을 대신하게 해서 미안했지만, 또 알리만큼 믿음직스럽고 적합한 인물도 없었다.

"알리, 전혀 흔적을 남겨선 안 되네."

"네, 교수님, 저희는 프로입니다. 물론 다시는 이런 일을 하고 싶지는 않지만요."

이 제거 작전은 모두 알리가 알아서 하기로 했다.

"이번 일이 마무리되면 튀르키예에 1년 정도 있다 오게. 숙소와 경비는 내가 알아서 준비할 테니 반드시 살아서 가야 하네."

알리는 담담하게 말했다.

"교수님, 너무 걱정하지 마십시오. 저를 포함해서 모두 살아서 튀르키예로 가겠습니다."

"그래 몇 명으로 할 예정인가?"

"저와 계속 팀을 함께했던 10명으로 하겠습니다. 저희는 한 번도 작전을 실패한 적이 없습니다."

막심은 살인을 막기 위해 그 살인자를 제거해야 한다는 사실이 탐탁지 않았지만 선택의 여지가 없었다. 지금은 단호한 결의와 실행이 필요한 시기이다. 극우주의자들에게도 경고를 보내야 했다. 마냥 당하고만 있지 않을 것이라는 강력한 메시지를 보여줘야 했다.

나광기 목사

나광기 목사는 최믿음 전도사에게 아직 주만을 신도의 행방을 알 수 없다는 보고를 받고 경호를 더욱더 강화하기로 했다. 왠지 모를 불안감이 엄습하고 있었다. 살면서 힘든 일도 많았지만 모두 헤쳐 나와 지금의 자리에 올라섰다.

본능적으로 지금, 이 순간 위험하다는 신호가 느껴졌다.

지금까지 어떻게 쌓아온 부와 명예인가. 여기서 멈출 수는 절대 없었다. 만일을 준비해야 했다. 목사를 신처럼 따르는, 아니 그렇게 세뇌해 온 젊은 신도들 15명을 선발해서 그를 보호하도록 배치했다.

그들은 이번 임무를 위해 목사가 특별히 여기는 충성스러운 청년들이었다. 모두 무술 유단자이거나 특수부대에서 전역한 자들로 목사가 죽으라고 명령을 내리면 죽을 수도 있는 신도들이었다. 건물 외부에 10명을 배치했고 내부에 5명으로 자기의 신변을 지키게 했다. 당분간은 외출도 삼갈 것이다.

주만을 신도가 다시 돌아온 후에 그다음 계획으로 들어가기로 마음먹었다. 불확실한 상태에서는 진행해서는 안 된다.

목사에게는 아직 시간이 많고 돈은 더 많이 있고 이러한 인적 자원도 항상 풍부했다. 이 청년들은 그의 계획을 달성하기 위한 하나의 소모품에 불과했다.

그러나 그들에게는

"그대들은 나의 가장 소중한 형제이며 사랑하는 주님의 아들들이다."

라며 계속해서 가스라이팅하고 있었다.

그들에게는 그리스도의 가르침보다 목사의 말이 더 신성했고, 복종해야 할 성경 구절이었다.

그의 집은 완벽한 성을 이루고 있었다. 보안장치도 다시 점검했다. 경호를 강화했지만, 알리와 그가 이끄는 부대원들에게 적수가 되지 못했다. 결국 나광기 목사는 비참한 죽음을 피하지 못했다.

당분간 조직은 와해될 것이다. 나광기 목사를 10년 동안 모셨던 최믿음 전도사는 이번 사건에 무언가 있음을 직감했다. 그러나 당분간은 조용히 있기로 했다. 다시 사회가 잠잠해질 때까지 기다려야 한다.

반드시 기회는 올 것이다.

6
악인의 최후

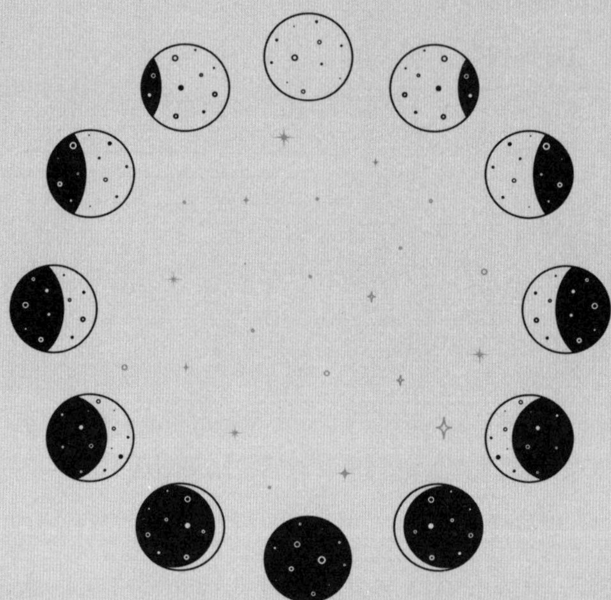

알리

알리는 함께 활동했던 자신의 부대원들을 모두 호출했다.

수년간 생사를 함께한 그들이었다. 이런 일에 얽히게 하고 싶지 않았지만 혼자 하기에는 무리라는 사실을 인정하기로 했다. 그리고 가장 믿을만한 동료들이 그에게 필요했다.

알리는 오랜만에 그들과 함께 작전을 실행하기로 했다.

"다시 이런 일을 하게 해서 미안하다."

그들은 알리를 절대 신뢰하고 있었다.

그의 가장 충직한 동료였던 무스타파는 주위를 둘러보며

"우리는 알리의 명령에 따를 준비가 되어 있습니다. 그리고 이번 일은 우리 안위보다 우리 민족, 이민자들을 위한 대의라고 생각합니다."

"고맙다. 진심으로 고맙다. 한 명의 사상자 없이 완벽하게 처리하자."

그들은 작전회의를 시작했다.

주민음 교회 옆에는 나광기 목사가 거주하는 곳이 있었다.

일단 그 거주지를 잘 알고 있는 사람을 매수해야만 했다. 종교의 믿음보다 더 강력한 힘, 바로 돈의 힘을 이용하기로 했다. 거주지를 청소하는 직원을 매수해서 그 내부를 스마트폰으로 자세히 찍어 톡으로 보내도록 했다. 구석구석을 찍은 만큼 추가 비용을 지급하기로 약속했다. 내부구조는 완벽하게 파악되었다. 그 직원에 의하면 현재 경호하는 사람이 늘어난 것 같다고 전했다.

알리는 주민음 교회 맞은편 건물 옥상에서 그곳을 망원경으로 내려보고 있었다. 밖에 경호하는 청년들이 10여 명 있었다. 안에 정확히 몇 명이 함께 있는지 확실치는 않았다.

이번 목표물은 오직 나광기 목사 한 명뿐이었다. 경호원들을 어떻게 제압할 것인가? 일단 최대한 인명피해가 일어나지 않게 할 것이다.

러시아에서 밀수입한 총 11자루와 야간투시경을 준비했다. 실탄 대신 개조한 마취 탄을 사용할 것이다. 단 한 자루만 실탄용이었다. 그걸 사용하는 데에 필요한 사람이 단 한 명이기 때문이었다. 가장 빠르고 조용히 모든 걸 마무리할 것이다.

드디어 D-day.

날씨는 흐리고 달이 뜨지 않는 깜깜한 밤이었다. 작전을 실행하기에 최적의 밤이었다. 알리와 그의 부대원들은 12시에 그곳에 도착했다. 먼저 야외에 있는 경호원들을 처리하기로 했다. 마취총을 이용해서 한 명씩 처리했고 그들을 교회 밖 대기하고 있던 승합차로 이동시켰다. 5시간 동안 그들은 왜 여기에 있는지 전혀 알 수 없을 것이다.

나광기 목사가 거주하는 곳을 전기 차단과 동시에 야간투시경으로 쓰고 진입하기로 했다. 건물 내부의 동선은 내부자의 제보로 이미 완벽하게 파악되어 있었다. 어둠 속에서 목사의 5명의 경호원은 당황하고 있었고 프로답게 순식간에 진입해서 한순간에 제압했다. 경호를 담당하고 있는 청년들은 알리와 그의 부대원들의 상대가 전혀 되지 않았다.

알리는 곧바로 목사의 방으로 들어갔다. 목사는 침대에 차분하게 앉아 있었다.

"너희들은 누구냐? 내가 누군지 알고는 있나?"

이미 그의 목소리는 침착함을 상실했지만 떨지 않으려고 노력하고 있었다.

알리는 야간투시경과 마스크를 벗은 채 목사 앞에 의자를 놓고 마주 앉았다.

"나광기 목사를 모를 수 있나. 위대한 목사님이신데."

약간 비아냥거리는 말투와 함께 정면으로 노려보았다.

"우리가 왜 왔는지는 알겠지. 지옥이든 천국이든 거기서는 선하게 살기를 바라네."

나광기 목사가 다급한 말투로

"잠깐 내 말 좀 들어보게."

그 말을 다 마치기 전에 알리는 소음총으로 정확하게 목사의 이마에 구멍을 냈다. 나광기 목사는 한마디 비명도 지르지 못하고 그대로 생을 마감했다. 너무나 허무한 죽음이었다. 극우주의자를 이끌던 나광기 목사는 이렇게 사라졌다.

알리는 도시가스 밸브를 모두 열고 소형 시한폭탄을 두고 조용히 그곳을 나왔다. 정확히 10분 후에 나광기 목사의 거대한 성은 커다란 폭발음과 동시에 솟구치는 불길에 휩싸이면서 사라지고 있었다.

막심 교수

막심은 알리에게 목표물을 완벽하게 처리했다는 보고를 받았다.

기쁨보다는 서글픔이 밀려왔다.

인종이 다르단 이유로, 종교가 다르다는 이유로 서로를 죽이는 시대가 지금까지 이어지고 있다는 사실에 가슴이 쓰려왔다. 그러나 이건 선택의 여지가 없었다.

신념의 무서움은 때로는 잔인함으로 실현된다. 잘못된 신념은 그 어느 것보다 무서운 것이 되고야 만다. 막심은 알리에게 내일 튀르키예로 곧바로 출국하라고 전했다. 이 사건이 안정화될 때까지는 알리는 귀국할 수 없을 것이다. 이번 일로 모두 다 끝났다고 생각하지 않는다.

막심은 혹시 모를 일들을 대비하기 위해 단단한 조직을 만들기로 했다. 공권력은 약한 자를 보호하지 않는다. 이민자를 동등하게 대우하지 않는다. 그리고 제2의 나광기 목사는 반드시 나타날 것이다.

현이

현이는 당분간 편의점 알바를 쉬기로 했다.

그날, 그 길에서 일어났던 일은 쉽게 잊혀지지 않을 것이다. 그러나 아무 일이 일어나지 않을 것처럼 행동했고 알리와 약속했듯이 아무에게도 지난밤의 일을 얘기하지 않았다. 그 일을 오롯이 혼자 감당하기로 했지만, 가끔 꿈에서 나타나는 악몽까지는 막을 수 없었다.

막심 교수의 배려로 여름방학을 맞이해서 친구들과 제주도 여행을 떠났다. 모든 여행 경비는 막심 교수가 부담해 주었다. 제주의 7월 햇빛은 강렬했고 습기는 풍부했다. 가만히 있어도 땀이 쏟아지는 그런 날씨였다. 동네 담벼락에는 주황색 능소화가 자기도 더위에 지쳤다는 듯 축 늘어져 있었고 몇 송이들은 돌담 밑바닥에 생명을 다한 채 떨어져 있었다. 그와 반대로 따가운 햇빛을 맞은 바다는 눈이 부시도록 찬란했다. 너무나 푸르고 푸른 바다색에 슬픔마저 묻어났다. 비양도와 협재해변 그리고 금능해변 사이에 펼쳐진 바다색은 일곱빛깔무지개보다 더 다양했고 아름다웠다.

자연은 인간이 인위적으로 표현할 수 없는 가장 아름다운 예술 작품임이 분명했다. 그리고 자연은 인간의 기억을 잠시 잊게 만드는 치료제였다.

현이는 자기도 모르게

"우와."

"와우."

라는 감탄사를 연발했다.

물이 순식간에 빠져 모래톱을 이루면 그곳으로 친구들과 함께 천천히 걸어갔다. 바닷물에 맨발을 담그며 걸어가면 모래알들이 밀렸다 빠져나가면서 발가락 사이를 간지럽혔다. 평화롭고 아름다운 풍경과 날들이었다.

동네마다 펼쳐진 수국은 검은 돌담 밑에 꽃 모양을 그대로 유지한 채 말라 있었다. 한때 찬란한 생은 누군가가 부러 꽃잎을 말린 것처럼 죽음을 맞이했다. 제주도의 이국적인 풍경 속에 어울렸고 제주 푸른 바다색과 절묘한 조화를 이루고 있었다.

수국은 토양의 성분에 따라 꽃의 색이 각각 다르다고 했다. 각각 다름으로 더 아름답고 신비로운 꽃이었다. 흰색과 연하늘색, 연보라와 진보라색, 그리고 코발트색까지 다양함으로 더 찬란한 꽃이었다.

대한민국이라는 토양 속에 수많은 인종도 꽃 피우면서 살아가고 있었다. 수국처럼 다름으로 더 아름답고 찬란한 나라가 될 수는 없는 걸까.

이런 생각에 잠시 잠겨 있을 때

"제주도 처음 와봐. 우리나라에 이렇게 멋지고 아름다운 곳이 있었다니."

친구인 지우는 신나 있었다.

"나도 처음이야, 우리나라에 이런 눈부시고 찬란한 곳이 있었다니."

우리나라…. 대한민국.

이국적인 풍경에 푹 빠져 지내면서 며칠 전 밤의 악몽에서 서서히 조금씩 벗어날 수 있었다. 3박 4일의 시간은 너무나 빠르게 지나갔다. 다음에는 엄마랑도 꼭 와야겠다고 생각하고 일상으로 돌아왔다.

지금까지 더 이상 살인사건에 대한 소식은 없었다.

그리고 오늘 아침에는 나광기 목사의 사망 소식이 전해졌다. 우리 이민자를 혐오하고 강력한 메시지로 분열로 조장했던 자. 사람의 죽음을 애도해야 하지만 그의 죽음에 그런 느낌을 전혀 느낄 수 없었다.

사람은 누구나 죽는다.

선한 자나 악한 자나 결국은 죽는다.

나광기 목사가 혐오와 차별의 벽돌로 하나둘씩 쌓았던 자신만의 완벽한 성이 무너진 것이다.

그러나 현이는 알고 있었다. 나광기 목사를 대신해 또 누군가가 나타날 것이라는 사실을, 또 다른 누군가는 더 큰 혐오와 차별을 외칠 것이라는 사실을.

나광기 목사는 무슬림을 이단자라고 했었다.

'이단자'

과연 누구의 기준으로 정해지는 것일까.

종교가 있는 건 신에 대한 믿음과 사람에 대한 애정을 위한 것으로 생각한다.

혐오는 전염병이다.

소리 없이 스며들고 주위를 더욱더 병들게 만든다.

혐오의 반대말은 사랑이 아닐지 모른다.

있는 그대로를 인정하는 것,

다름을 자연스러운 일로 받아들이는 것인지도….

현이는 다가올 내일이 점점 나아질 거라는 희망보다 암담한 현실이 아닐지, 이런 생각에 조금은 우울해졌다.

박 형사

박 형사의 수사는 더 이상 앞으로 나가지 못하고 있었다. 그러던 중 나광기 목사의 집에 화재가 발생했다는 소식을 들었다. 나광기 목사의 집에 도착했을 때는 순식간에 전소되어 재만 남은 상황이었다.

누구의 시체인지 한 구가 발견되었다고 했다. 국과수에서 연락이 왔다. 추측대로 나광기 목사의 시체라고 했다. 그렇다면 나광기 목사와 함께 있던 경호원들은 다 어디에 있는 걸까.

경호원들은 평만항의 한 컨테이너에서 모두 발견되었다. 구조신청이 와서 위치추적을 통하여 찾았다고 했다. 그들은 누군가에게 마취총을 맞고 정신을 잃었다고 했다. 누구에게 당했는지는 전혀 알 수 없다고 했다. 나광기 목사는 왜 죽이고 또 경호원들은 왜 또 살려둔 것일까. 의문이 꼬리를 물고 이어지고 있었다.

박 형사는 용의자들이 프로가 분명하다고 확신했다.

박 형사도 나광기 목사를 좋아하지는 않지만, 살인사건은 사건이었다. 어떤 살인도 정당화될 수는 없었다.

다시 처음부터 추적해야 했다.

과연 그들은 누구이고 또 누구를 추적해야 하는 걸까?

자! 자! 자!

거 행 단
과 여 이

초판 1쇄 발행 2025. 12. 23.

지은이 최대인
펴낸이 김병호
펴낸곳 주식회사 바른북스

편집진행 황금주
디자인 심연보
마케팅 송송이, 박수진, 박하연

등록 2019년 4월 3일 제2019-000040호
주소 서울시 성동구 연무장5길 9-16, 606호 (성수동2가, 블루스톤타워)
대표전화 070-7857-9719 | **경영지원** 02-3409-9719 | **팩스** 070-7610-9820

•바른북스는 여러분의 다양한 아이디어와 원고 투고를 설레는 마음으로 기다리고 있습니다.

자비출판 투고 barunbooks21@naver.com
홈페이지 www.barunbooks.com | **유튜브** https://www.youtube.com/@Youtube_brTV
인스타그램 https://www.instagram.com/barunbooks7/ | **X(트위터)** https://x.com/barunbooks7
페이스북 facebook.com/barunbooks7 | **틱톡** https://www.tiktok.com/@barunbooks7

ISBN 979-11-7263-748-4 03810